Deseo

Vuelve a mi cama

FIONA BRAND

HARLEQUIN™

Editado por HARLEQUIN IBÉRICA, S.A.
Núñez de Balboa, 56
28001 Madrid

VUELVE A MI CAMA, N.º 1900 - 13.2.13
Título original: A Breathless Bride
Publicada originalmente por Harlequin Enterprises, Ltd.

I.S.B.N.: 978-84-687-2440-9
Depósito legal: M-39012-2012
Editor responsable: Luis Pugni
Fotomecánica: M.T. Color & Diseño, S.L. Las Rozas (Madrid)
Impresión en Black print CPI (Barcelona)
Fecha impresion para Argentina: 12.8.13
Distribuidor exclusivo para España: LOGISTA
Distribuidor para México: CODIPLYRSA
Distribuidores para Argentina: interior, BERTRAN, S.A.C. Vélez Sársfield, 1950. Cap. Fed./ Buenos Aires y Gran Buenos Aires, VACCARO SÁNCHEZ y Cía, S.A.

Capítulo Uno

Con una fría mirada, Constantine Atraeus observaba a las personas que asistían al entierro de Roberto Ambrosi. Buscaba algo incansablemente... hasta que por fin lo encontró.

Con su largo cabello rubio, ojos oscuros y elegantemente vestida, Sienna, la hija de Roberto, destacaba entre el resto de los asistentes al entierro como un ave exótica.

Él apretó la mandíbula al ver las lágrimas en el rostro de Sienna y descartó la compasión que, a su pesar, se había apoderado de él. También apartó los recuerdos. Por muy inocente que fuera el aspecto de Sienna, no se podía permitir olvidar que su antigua prometida era la nueva directora gerente del decadente imperio de las perlas de su familia. Era, principal y primordialmente, una Ambrosi. Descendientes de la que había sido una familia muy acaudalada, los Ambrosi eran famosos por dos cosas: su radiante belleza y su capacidad para concentrarse en lo que importaba de cada asunto.

En aquel caso, lo que importaba era el asunto que había llevado a Constantine hasta allí.

–Dime que no te vas a encarar con ella ahora mismo.

Lucas, el hermano de Constantine, que aún sufría los efectos del largo vuelo que lo había llevado desde Roma hasta Sídney, salió del Audi que Constantine había utilizado para ir a recoger a sus dos hermanos al aeropuerto.

Lucas ya llevaba dos días en Sídney por motivos de trabajo e iba elegantemente vestido, aunque hacía ya mucho tiempo que había desechado la americana y la corbata. Zane, que ya había salido del coche y estaba observando a los asistentes al entierro, iba ataviado con unos vaqueros negros y una camisa del mismo color. Las gafas oscuras que llevaba puestas le daban un aspecto aún más distante.

Lucas era muy guapo, tanto que la prensa lo acosaba sin piedad. Zane era en realidad hermanastro de los otros dos Atraeus. Se había pasado un tiempo en las calles de Los Ángeles durante su adolescencia hasta que su padre lo encontró y, en aquel momento, tenía un aspecto sencillamente arrebatador. Aparte de su aspecto físico, Constantine confiaba en que sus dos hermanos se comportaran como esperaba de ellos a la hora de proteger los intereses de la familia.

Con cierta tristeza, pensó que la atracción física que lo había apartado de las oficinas principales del Grupo Atraeus le estaba nublando su buen juicio.

Hacía dos años que Constantine había aprendido por fin a separar el deseo sexual de los negocios. En aquella ocasión, si se daba el caso de que Sienna Ambrosi terminara en su cama, sería bajo sus condiciones y no bajo las de ella.

–No he venido aquí para poner unas flores en la tumba de Roberto.

–Ni permitirle a ella que llore a su padre. ¿Has pensado en dejarlo para mañana? –le preguntó Lucas mientras se ponía la americana y cerraba de un portazo el Audi.

Constantine hizo un gesto de dolor al ver cómo trataba Lucas el vehículo. Su hermano era más pequeño que él y no recordaba los días de necesidad, cuando la familia Atraeus era tan pobre que ni siquiera se podían permitir un coche. El hecho de que su padre descubriera una rica mina de oro en la isla de Medinos, en el Mediterráneo, no había alterado ninguno de sus recuerdos de la infancia. Jamás se olvidaría de lo que se sentía cuando no se tenía nada.

–En lo que se refiere a la familia Ambrosi, mañana es demasiado tarde –replicó él. Entonces, miró con resignación a los reporteros, que se arremolinaban en torno a los invitados como si fueran buitres a punto de darse un festín–. Además, parece que la noticia ya se ha filtrado. A pesar de que no sea el momento adecuado, necesito respuestas.

Y recuperar el dinero que Roberto Ambrosi le había arrebatado mediante engaños a su padre moribundo mientras que Constantine estaba fuera.

Dejaría al descubierto el engaño que había descubierto hacía poco más de una semana. Después de que no contestaran sus llamadas telefónicas durante muchos días y de pasar horas frente a la residencia de la familia Ambrosi, que parecía haber estado vacía, había perdido por completo la paciencia y el deseo de dar por terminado aquel asunto discretamente.

Lucas comenzó a caminar junto a su hermano. Constantine se dio cuenta de que la atención de Lucas se centraba en Carla, la más pequeña de las hijas de Ambrosi.

–¿Estás seguro de que Sienna estaba implicada?

Constantine no se molestó en ocultar su incredulidad. ¿Qué posibilidades había de que la mujer que había accedido a casarse con él hacía dos años sabiendo que su padre estaba rematando los flecos de un acuerdo secreto con el de él no hubiera conocido el último engaño de Roberto?

–Claro que lo está.

–Ya sabes cómo era Roberto…

–Más que dispuesto a aprovecharse de un hombre moribundo.

Constantine estableció un breve contacto visual con los dos guardaespaldas que los habían acompañado en otro vehículo. No deseaba tener escoltas, pero ser director gerente de una empresa multimillonaria suponía que tenía que enfrentarse con más amenazas de las que le gustaría.

Mientras se acercaban, se dio cuenta de la ausencia de los miembros masculinos de la familia y de los guardaespaldas. La rica y poderosa familia Ambrosi, para la que su abuelo había trabajado de jardinero, estaba formada ahora tan solo de Margaret, la viuda de Roberto; Sienna y Carla, las dos hijas; y una serie de ancianas tías y de primas lejanas.

Cuando se detuvo junto a la tumba, las nubes que habían estado tapando el sol se apartaron. La oscura mirada de Sienna se cruzó con la de él. En aquel instante, algo parecido a la alegría pareció surgir, como si ella se hubiera olvidado de que dos años atrás, cuando había tenido que elegir entre él o el dinero, se había inclinado por el vil metal.

Durante un largo instante, Constantine tuvo la extraña sensación de haber vivido ya aquel momento, una poderosa unión que estaba seguro de que jamás volvería a sentir.

Experimentó una sensación en el pecho, un pulso errante de emoción y, en vez de apartar la mirada, se permitió verse atrapado, enredado...

Un segundo más tarde, el viento alborotó las hojas que habían caído al suelo. En el poco tiempo que Sienna tardó en colocarse el cabello detrás de una oreja, la ensoñación que se había apoderado de él y lo había engañado tan completamente dos años atrás desapareció por completo y se vio reemplazada por una total incredulidad.

Evidentemente, a pesar de todo lo ocurrido había estado a punto de perderse de nuevo. La ira se vio reemplazada muy pronto por el alivio. Había estado a punto de caer de nuevo entre sus redes.

Apartó la mirada de ella y centró su atención en la tumba, que en aquellos momentos se encontraba cubierta por hermosas coronas de flores. Aquello reafirmó sus propósitos y le recordó lo que había ido a hacer allí.

Roberto Ambrosi había sido un mentiroso, un

ladrón y un estafador, pero Constantine le daría su merecido. Él había sabido muy bien cuándo era el momento de escapar.

Sienna, por el contrario, no tenía posibilidad ninguna de hacerlo.

El corazón de Sienna comenzó a latir con fuerza cuando Constantine cerró la distancia que los separaba. Durante unos instantes, exhausta por la tristeza y agotada por la lucha que le había supuesto sentirse aliviada por no tener que enfrentarse ya a la adicción al juego de su padre, se había olvidado de que estaba en el cementerio.

Se había preparado para pensar siempre en positivo pero aquella ensoñación había sido demasiado. Una reinvención del pasado, donde el amor era lo primero en vez de ser uno más en la larga y compleja lista de bienes y agendas. Entonces, se había dado la vuelta y, durante un instante, el pasado, que aún le había parecido que le pertenecía y que tanto había deseado que siguiera acompañándola, había vuelto a cobrar vida: Constantine.

La realidad de sus poderosos y masculinos rasgos, del cabello negro, los anchos hombros y del aroma que siempre le aceleraba los latidos del corazón la había devuelto al presente de un plumazo.

–¿Qué estás haciendo aquí? –le preguntó ella secamente. Desde lo ocurrido hacía dos años, los Ambrosi y los Atraeus habían mantenido una gélida distancia. Constantine era la última persona que esperaba ver en el entierro de su padre y, además, la menos bienvenida.

Constantine le agarró la mano. Aquel cálido contacto le provocó un vibrante hormigueo por todo el cuerpo. Respiró profundamente y notó el aroma de la colonia que, segundos atrás, la había transportado hasta el pasado. En aquella ocasión, le provocó un nudo en el estómago.

Sin duda alguna, Constantine seguía siendo un hombre guapo e impresionante. La había fascinado hasta el punto de que ella había sido capaz de romper la norma que regía su vida. Había dejado de pensar para sentir. Grave error.

Constantine había estado muy por encima de ella. No había más que decir. Era demasiado rico, demasiado poderoso, y estaba demasiado centrado en proteger el imperio empresarial de su familia.

Con amargura, se dio cuenta de que la prensa sensacionalista había estado en lo cierto. Cruel en los negocios, lo mismo en la cama. El director gerente del Grupo Atraeus era un buen partido, pero no se podía esperar llegar al altar con él.

Constantine se inclinó hacia delante, lo suficiente para que el rostro perfectamente afeitado estuviera a punto de rozar la mejilla de Sienna. Durante un instante, ella pensó que Constantine iba a besarla pero cuando vio la expresión distante de su rostro borró por completo aquel pensamiento.

–Tenemos que hablar –le dijo él con voz profunda y seca–. Te espero dentro de cinco minutos en el aparcamiento.

Sienna le soltó la mano y dio un paso atrás. ¿Reunirse con el hombre que le había pedido en matrimonio para, a la semana siguiente, descartarla porque creía que ella tan solo era una cazafortunas? Eso sería cuando se helaran las llamas del infierno.

–No tenemos nada de lo que hablar.

–Cinco minutos. Asegúrate de estar allí.

Con un nudo en el estómago, Sienna observó cómo se alejaba entre las tumbas. Se percató también de la presencia de Lucas y Zane, los hermanos de Constantine. Los dos guardaespaldas mantenía a los periodistas y a los curiosos a raya.

Notó que alguien le tocaba en el brazo. Era su hermana Carla. Con gran fuerza de voluntad, Sienna se sacudió la sorpresa que le había producido la presencia de Constantine y su propia reacción. La repentina muerte de su padre y la delicada situación financiera subsiguiente había consumido cada instante de su vida desde hacía unos días. A pesar de eso, tan solo le había hecho falta una mirada de Constantine para olvidarse de dónde estaba y por qué.

Carla frunció el ceño.

–Estás muy pálida. ¿Te encuentras bien?

–Sí.

Desesperada por recuperar el equilibrio, Sienna metió la mano en el bolso y sacó la polvera para mirarse en el espejo. Después de las lágrimas y del húmedo calor, el ligero maquillaje que se había aplicado aquella mañana había desaparecido. Tenía el cabello revuelto y los ojos enrojecidos, exactamente lo contrario de su habitual fachada fría y sofisticada.

Carla, que tenía un aspecto más mediterráneo que ella con su brillante cabello negro y unos maravillosos ojos azules, observaba a los hermanos Atraeus con una extraña expresión en el rostro.

–¿Qué están haciendo aquí? Por favor, no me irás a decir que has vuelto a salir con Constantine.

Sienna cerró la polvera y volvió a meterla en el bolso.

–No te preocupes. No estoy loca.

–Entonces, ¿qué quería?

Por el bien de su familia y de su empresa, tenía que mantenerse controlada, fría, a pesar de lo preocupada que se sentía.

–Nada.

Recordó lo que le había dicho Constantine y su cerebro se puso en funcionamiento. Tenía que pensar y hacerlo rápidamente.

Durante los últimos tres días, se había pasado largas horas revisando los papeles y la contabilidad de su padre. Había descubierto varios depósitos muy grandes que no podía relacionar con la empresa. El dinero llevaba entrando un periodo de dos meses. Cantidades muy grandes. El dinero se había utilizado para engordar las flacas finanzas de Perlas Ambrosi y cubrir las recurrentes deudas de juego de su padre, pero desconocía la fuente de aquellos ingresos. Al principio, pensó que tenían que ser ganancias, pero la similitud de las cantidades la había confundido. Roberto Ambrosi había ganado grandes sumas de dinero en el pasado, pero las cantidades habían diferido mucho.

Y Constantine quería una conversación.

Desesperada por negar la conclusión a la que estaba llegando y para distraer a Carla, que aún seguía mirando a los hermanos Atraeus, miró a su alrededor para buscar a su madre.

–Mamá necesita ayuda.

Carla también había visto al periodista que estaba charlando con Margaret Ambrosi. La viuda estaba agotada y aún algo aturdida por los sedantes que el médico le había prescrito para poder dormir.

–Voy a por ella. Además, ya va siendo hora de que nos marchemos. Se suponía que teníamos que estar en la casa de la tía Via para comer hace diez minutos.

Sienna había decidido que un almuerzo privado para la familia en el apartamento de su tía Octavia, la hermana de su padre, era mejor que una recepción más formal, algo que ella consideraba un lujo innecesario.

Los cuatro días que habían pasado desde que su padre murió de un ataque al corazón habían sido una montaña rusa, pero eso no cambiaba la realidad. Los días de gloria de Perlas Ambrosi, cuando su abuelo trasladó la empresa de la zona catastrófica en la que Medinos se había convertido durante la Segunda Guerra Mundial a Sídney, habían pasado a la historia hacía mucho tiempo. Sienna tenía que apoyar el negocio dando la impresión de riqueza y estabilidad a pesar de que estaban operando con un presupuesto muy apretado. Por suerte, su padre había tenido una pequeña póliza de seguros que había resultado suficiente para cubrir los gastos básicos del entierro, y ella tenía la excusa de la mala salud de su madre para evitar tener que socializar con los asistentes al entierro.

–Dile a Via que no voy a poder llegar a almorzar. Te veré en casa más tarde.

Constantine miró pensativo el cielo mientras abría el Audi y se acomodaba en él para esperar a Sienna. Desde el asiento trasero, Zane miraba con desaprobación a los periodistas, que estaban tratando de esquivar a los guardaespaldas de Constantine para poder hablar con él.

–Veo que le sigues gustando.

Constantine ahogó su irritación. Zane, que tenía veinticuatro años, era más joven que él. Algunas veces, parecían llevarse mucho más de seis años.

–Son negocios.

Lucas tomó asiento junto a él.

–¿Tuviste oportunidad de hablar del préstamo con Roberto?

Constantine se aflojó la corbata.

–¿Por qué crees que le dio un ataque al corazón?

Aparentemente, Roberto había tenido problemas de corazón. En vez de presentarse en la casa de Constantine, como habían quedado para la reunión que él mismo había pedido, se había sentado en una mesa de *blackjack*. Al ver que Roberto no se presentaba, Constantine había realizado algunas llamadas y había descubierto que Roberto se había ido directamente al casino, aparentemente con un deseo febril por ganar el dinero que necesitaba.

Constantine había enviado a Tomas, su asistente personal, para recoger a Ambrosi. Al llegar, Tomas había descubierto que, segundos después de ganar una suma considerable, Roberto se había empezado a sentir indispuesto. Tomas llamó a una ambulancia, pero, instantes después, Roberto se agarró el pecho y cayó fulminado.

El propio Constantine estuvo a punto de tener un ataque al corazón cuando se enteró. Al contrario de los rumores que lo tachaban de cruel e insensible, él se había mostrado dispuesto a hablar con Roberto, aunque aquello no solo tenía que ver con él. Tenía que considerar su negocio y su familia y Roberto Ambrosi había engañado a su padre.

–¿Sabe Sienna que tú te ibas a reunir con su padre? –le preguntó Lucas.

–Todavía no.

–Pero lo sabrá.

–Sí.

Constantine se quitó la corbata porque, de repente, le parecía la soga de un ahorcado, y se desabrochó dos botones de la camisa. Quería atraer la atención de Sienna. Por eso se ocupaba él del problema personalmente. Después de ser prácticamente el responsable de la muerte de su padre, estaba completamente seguro de que ya la tenía.

***

Los truenos rugían en el cielo mientras Sienna se dirigía hacia su coche con la intención de tomar el paraguas que tenía en el asiento trasero. Mientras atravesaba el aparcamiento, se abrió la puerta corredera de una furgoneta y salió un periodista justo delante de ella con una cámara entre las manos. Automáticamente, ella levantó un brazo para ocultarse del flash.

Un segundo periodista se unió al primero. Sienna se dio la vuelta y cambió de dirección. Justo en ese instante, se dio cuenta de que otra furgoneta acababa de entrar en el aparcamiento. Aquellos no formaban parte del grupo de periodistas respetuosos que habían estado presentes en el entierro. Aquellos habían acudido con toda seguridad atraídos por la presencia de Constantine y con la esperanza de reinventar un viejo escándalo.

¿Cómo se había atrevido Constantine a presentarse en el entierro? ¿Acaso había planeado exponerlos a todos a un nuevo circo mediático?

Un nuevo trueno restalló en el cielo y la lluvia comenzó a caer con fuerza. Agarró bien el bolso y apretó el paso y, al rodear un seto, echó a correr. Un segundo más tarde, se chocó contra la sólida barrera de un torso masculino: Constantine.

Él le indicó con la cabeza un roble.

–Por aquí. Hay más periodistas al otro lado del aparcamiento.

Le colocó la mano en la espalda. Sienna reprimió un temblor al sentir el calor que emanaba de la palma de la mano. Sintió que el corazón le daba un vuelco. Sabía que Constantine la había seguido con la intención de protegerla.

–Gracias.

Constantine la animó a refugiarse bajo el árbol. Las espesas ramas les protegían de la lluvia, pero no podían evitar que algunas gotas cayeran, mojándole aún más el cabello y los hombros del vestido.

Sacó un pañuelo del bolso y se secó un poco el rostro. Afortunadamente, al cabo de pocos minutos la lluvia comenzó a escampar y el sol volvió a salir, iluminando el aparcamiento y el cementerio a través de los árboles. De repente, los ojos volvieron a llenársele de lágrimas y estas volvieron a caerle por el rostro. Trató de enjugárselas con el pañuelo.

Constantine le ofreció un enorme pañuelo blanco. Ella se secó las lágrimas y ahogó con él sus sollozos. Un instante más tarde, se encontró rodeada por los brazos de Constantine y apretada contra su pecho. Tras un instante de tensión, ella se relajó y aceptó el consuelo. No obstante, parecía que, después de empezar a llorar, le resultaba imposible parar. Poco a poco, empezó a llorar más tranquilamente. Dejó que él le masajeara la espalda. El dolor la había dejado tan agotada, que, simplemente, se dejó consolar y tranquilizar.

–Tenemos que marcharnos –le dijo Constantine–. Aquí no podemos hablar.

Ella se movió ligeramente y se dio cuenta de que

Constantine tenía una erección. Los recuerdos se apoderaron de ella, unos muy sensuales y otros dolorosos y humillantes.

Se apartó de él con tanto ímpetu que el bolso se le cayó al suelo. Se inclinó para recogerlo.

Si Constantine quería hablar con ella, tendría que ser otro día. No iba a quedarse allí para sufrir la misma humillación en los medios que había padecido dos años atrás.

–Maldita sea, Sienna.

¿Le pareció notar amabilidad en su voz?

Había vuelto a empezar a llover. Ya no le importó, porque estaba completamente mojada. El cabello húmedo se le pegaba al rostro y parecía que el vestido se le había pegado al cuerpo.

El aspecto de Constantine no era mucho mejor. Tenía la ropa pegada al cuerpo y, a través de la camisa blanca, se adivinaba el color bronce de su piel.

Sienna apartó la mirada de una visión tan turbadora.

–Lo siento…

–Ya hablaremos en otro momento. Como ves, estoy empapada.

Con eso, se dio la vuelta y buscó una salida que no tuviera periodistas con micrófonos o con cámaras. Sin embargo, Constante le rodeó la cintura con un brazo y la estrechó de nuevo contra su cuerpo.

–Llevo llamándote cuatro días sin que te hayas dignado a contestarme –le gruñó al oído, provocándole a Sienna un escalofrío por la espalda–. Si crees que voy a seguir esperando, estás muy equivocada.

Capítulo Dos

Enfurecida por la intimidad de aquel abrazo y las sensaciones no deseadas que estaba experimentando, Sienna agarró los dedos de Constantine para tratar de soltarse.

–Déjame ir.

–No.

De soslayo, captó movimiento a su alrededor y oyó que se cerraba la puerta de un coche.

Constantine murmuró algo en voz baja. Después de que lo peor de la tormenta hubiera pasado, los periodistas parecían estar saliendo de nuevo de sus coches. La hizo girar entre sus brazos.

–¿Qué es lo que hice yo para hacerte daño, Constantine? –replicó ella. Le colocó las manos en el pecho y empujó.

Él murmuró una frase en medinio.

–Estate quieta…

El idioma de Medinos, un dialecto italiano con influencias griegas y árabes, tuvo un devastador efecto sobre ella. Maldita sea… ¿Por qué tenía que gustarle tanto? Sin que pudiera evitarlo, una parte de su ser se sentía excitada por aquella situación. Trató por todos los medios de mantener la distancia que había entre ellos, pero que, de todos modos, no parecía bastar dada la explosiva reacción que había sentido.

Tal vez, la prensa consideraría aquello una muestra de consuelo por parte de Constantine en vez de un encuentro amoroso muy poco digno.

–¿Quién ha llamado a la prensa? –le espetó ella–. ¿Tú?

Él lanzó una carcajada.

–*Cara,* yo pago a la gente para que los aleje de mí.

–No me llames....

–¿Qué? ¿Cariño? ¿Nena? ¿Cielo?

Constantine le agarró la mandíbula con los largos dedos. Se inclinó lo suficientemente cerca como para que cualquiera que los estuviera observando pensara que el abrazo era íntimo, que él estaba a punto de besarla.

Una sensación agridulce se apoderó de ella. Recordó la primera vez que se vieron, hacía ya dos años.

Al igual que en esta ocasión, se trataba de un día oscuro y lluvioso. Sienna salió de un taxi para dirigirse hacia la entrada de un restaurante con la visión restringida por el paraguas cuando los dos se chocaron. Ella había terminado sobre la acera mojada. Como llevaba también un vestido negro, aunque más estrecho y más corto, la pequeña abertura lateral se había desgarrado un poco más. Además, había perdido el paraguas y un zapato.

Constantine se había disculpado y le había preguntado si se encontraba bien. Su voz era profunda y sensual. Además, se había arrodillado junto a ella para volver a ponerle el zapato, por lo que Sienna tuvo, por un instante, la sensación de que se encontraba en su cuento de hadas favorito. De hecho, cuando él se marchó, a ella le pareció que el corazón se le había roto.

La presión de las manos de Constantine en los brazos la devolvió al presente. Al ver el gesto que él tenía en el rostro, se dio cuenta de que estaba tan turbado como ella.

–Ya basta... –gruñó él.

Constantine se apartó de ella para borrar el deseo que, a pesar de todos sus esfuerzos, jamás había sido capaz de erradicar.

–Llevas puesto el mismo vestido...

–No.

–Pues el tacto es idéntico.

–Quítame las manos de encima y así no tendrás que sentir nada.

La voz de Sienna sonaba fría y cortante, pero el hecho de que ella fuera incapaz de mirarlo a los ojos le contaba una historia muy diferente. Debería dejarla marchar. Evidentemente, estaba muy afectada.

Hacía dos años, Sienna lo había engañado amargamente. En aquellos momentos, tocarla debería ser algo repugnante para él. Sin embargo, se veía atrapado por el desafío de aquellos ojos oscuros.

–No hasta que tenga lo que he venido a buscar.

Sienna pareció tan preocupada que Constantine no dudó ni por un instante que ella pudiera haber tenido algo que ver con el comportamiento de su padre. Estaba metida en el asunto hasta su elegante cuello. La confirmación le resultó inesperadamente deprimente.

Ella se sonrojó.

–Si lo que quieres es discutir, tendrás que esperar. Por si no te has dado cuenta, los dos estamos empapados y acabo de enterrar a mi padre.

Constantine le agarró los brazos con un poco más de fuerza.

Sienna miró por encima del hombro.

–Tranquilízate –dijo él mientras observaba a los periodistas que se estaban acercando a ellos–. A menos que quieras salir en las noticias, quédate conmigo y guarda silencio. Hablaré yo.

De repente, los dos guardaespaldas de Constantine se materializaron a su lado y se dirigieron hacia los periodistas.

En ese momento, comenzaron las preguntas.

–Señorita Ambrosi, ¿es cierto que Perlas Ambrosi está a punto de declararse en quiebra?

–¿Tiene que decir algo sobre el hecho de que, presuntamente, su padre robó dinero mediante engaños a Lorenzo Atraeus?

Se dispararon varios flashes y cegaron a Sienna momentáneamente. Una atractiva pelirroja se coló por debajo de uno de los brazos de los guardaespaldas y le colocó un micrófono en el rostro. Sienna reconoció a la reportera.

–Señorita Ambrosi, ¿nos puede decir si se han presentado cargos?

–¿Cargos? –repitió Sienna sin comprender.

–A menos que quieran una demanda por difamación –intervino Constantine–, les sugiero que retiren esas preguntas. Para que conste, Perlas Ambrosi y el Grupo Atraeus están negociando un acuerdo comercial. La muerte de Roberto Ambrosi ha complicado las negociaciones. Eso es lo único que estoy dispuesto a decir.

–Constantine, ¿tiene esto que ver con los negocios? –le preguntó la pelirroja–. ¿Podría ser que, si se estuviera preparando una fusión, fuera esta por medio de una boda?

Constantine empujó a Sienna hacia un elegante Audi negro que se había detenido a pocos metros de ellos.

–No vamos a hacer más comentarios.

Lucas salió por la puerta del conductor y le arrojó las llaves. Constantine las recogió y abrió la puerta del copiloto. Cuando Sienna se dio cuenta de que Constantine quería que se metiera en el coche con él, se tensó.

–Puedes venir conmigo o quedarte –le susurró él–. Tú eliges.

Un escalofrío le recorrió todo el cuerpo.

–Iré contigo.

Se vio en el interior del lujoso Audi. Los cristales tintados bloqueaban lo que ocurría en el exterior. Constantine arrancó rápidamente.

–Ahora que estamos solos, ¿me podrías decir a

qué ha venido todo eso? ¿Cargos? ¿Engaños? ¿Y eso de que estamos negociando un acuerdo?

Sienna era la consejera legal de Perlas Ambrosi. Su padre no le había vuelto a hablar sobre el Grupo Atraeus desde hacía más de dos años. Después de que fracasara el préstamo que Roberto quería conseguir y el compromiso de Siena, el tema había sido tabú para ellos.

–Hay un problema, pero no estoy dispuesto a hablar del tema mientras voy conduciendo.

–Si no quieres hablar de ello, al menos dime por qué, si Perlas Ambrosi ha hecho algo supuestamente tan malo, estás dispuesto a ayudarme en vez de arrojarme a las garras de las hienas de la prensa.

–¿Del mismo modo que te traté hace dos años?

–Sí.

–Porque acabas de perder a tu padre.

–No te creo. Hay algo más...

Durante la breve conversación en la que Constantine rompió su compromiso, Sienna había tratado de hacerle comprender las complicaciones de las crecientes deudas de juego de su padre y de la lucha que ella tenía para mantener a su padre y a la empresa familiar a flote. Que, en los estresantes días antes de que Constantine descubriera el trato, la lógica de que su padre le pidiera ayuda a Lorenzo Atraeus le había parecido perfectamente viable.

No le había servido de nada.

–Como has oído de boca de los periodistas, ciertamente hay algo más. Si recuerdas bien, esa fue la razón de que terminara nuestro compromiso.

–Mi padre le propuso al tuyo un acuerdo que él también quería.

–Reestablecer una fábrica de perlas en Medinos era una proposición basada en el oportunismo y en la nostalgia, no en los beneficios. Ni tenía sentido entonces ni lo tiene ahora. El Grupo Atraeus tiene negocios más lucrativos que restaurar la industria de las perlas cultivadas en Medinos.

–Negocios que no requieren ni historia ni sentimiento, como extraer oro y construir hoteles de lujo.

–No recuerdo que te molestara nunca el concepto de ganar dinero –replicó él mirándola fijamente–. Hace dos años, el dinero era antes que el sentimiento.

Sienna se sonrojó.

–Me niego a disculparme por un acuerdo comercial que yo no instigué. Mi único pecado fue no tener el valor de contarte lo de ese trato.

Se puso a mirar por la ventana mientras Constantine entraba en el aparcamiento de un centro comercial. Era demasiado tarde para admitir que se había temido que la adicción de su padre al juego y los problemas económicos de su familia le harían daño a su compromiso. El tiempo demostró que tenía razón. Constantine se mostró convencido de que ella lo había traicionado y de que su único interés por él había sido siempre monetario.

–Me disculpé contigo por no habértelo contado, pero, francamente, di por sentado que eso era algo de lo que se ocuparía tu padre.

Constantine aparcó el Audi y se quitó el cinturón de seguridad. Se giró en su asiento y apoyó un brazo en el respaldo del de ella

–¿Incluso sabiendo que la falta de transparencia de mi padre indicaba que me lo estaba ocultando?

Justo en aquel momento, el coche de Sienna apareció en el espacio de al lado, conducido por el guardaespaldas. Sienna se quitó también el cinturón y agarró su bolso.

–No sabía que tú estabas tan en contra de la idea de restablecer una fábrica de perlas en Medinos.

–Igual que yo no pude comprender por qué tú no comentaste nada del acuerdo, que se redactó justamente el día después del anuncio de nuestro compromiso.

Sienna lo miró.

–¿Cuántas veces tengo que decírtelo? Yo no tuve nada que ver con el préstamo. Piénsalo, Constantine. Si yo era tan egoísta y maquiavélica, debería haber esperado hasta que nos hubiéramos casado.

Un intenso silencio paralizó el interior del coche. Sienna no podía respirar. Como pudo, abrió la puerta del coche para salir, pero Constantine se inclinó sobre ella y la cerró antes de que ella pudiera hacerlo. De inmediato, se vio atrapado entre el deseo de protegerla y el deseo de poseerla para hacerle el amor hasta que se rindiera por completo a él.

–Eso sí que es interesante. Di por sentado de que la razón por la que guardaste silencio sobre el préstamo era porque tu padre necesitaba el dinero desesperadamente y no podía esperar.

Ella palideció inmediatamente. Constantine supo en aquel instante que había ido demasiado lejos. Entonces, el color volvió a teñirle las mejillas a Sienna y el aura de fragilidad se evaporó inmediatamente.

–Tal vez simplemente estaba obedeciendo órdenes.

Constantine la miró fijamente.

–No –afirmó él.

Sienna había sido la mano derecha de Roberto durante los últimos cuatro años. Había dirigido el negocio familiar con consumada habilidad y ambición mientras su padre se jugaba los beneficios en el casino. La última vez que ella había aceptado una orden de Roberto, había sido en la cuna. La única debilidad que ella tenía era que necesitaba dinero.

El dinero de Constantine.

Y seguía necesitándolo.

Respiró profundamente. Constantine sintió que los pechos de ella le rozaban el brazo y que el aliento le acariciaba suavemente la mandíbula. El aroma ligero y evocador que se desprendía de su piel lo torturaba mientras los recuerdos lo atenazaban.

Alguien llamó a la ventana del copiloto; la tensión se rompió. Era uno de los guardaespaldas.

Constantine vio cómo Sienna salía del coche. Él mismo descendió del Audi y le dio instrucciones al guardaespaldas. Llevaba cuatro días con escolta permanente, pero, durante la próxima hora, requería absoluta intimidad.

Se quitó la chaqueta mojada y la arrojó al asiento trasero. Entonces, frunció el ceño al ver que Lucas estaba hablando con Sienna. Por la brevedad del intercambio, él supo que su hermano simplemente le había dado el pésame. Sin embargo, la sonrisa de Sienna evocó en él una turbadora respuesta. Sabía muy bien el éxito que su hermano tenía entre las mujeres y eso le molestaba.

Se acercó a Sienna justo cuando ella sacaba el móvil del bolso para contestar una llamada. Lucas le saludó con un breve movimiento de cabeza.

–¿Estás seguro de que sabes lo que estás haciendo? –le preguntó.

–Por supuesto –respondió Constantine.

–En el cementerio, no parecía que estuvierais hablando de negocios.

–Mientras tú te acuerdes de que Sienna Ambrosi es asunto mío...

Lucas frunció el ceño.

–Mensaje recibido.

Constantine observó cómo su hermano se metía en el asiento del copiloto del coche y levantó una mano para despedirse. Tal vez no habría sido necesario advertir a Lucas, pero el impulso para hacerlo había sido completamente primitivo. En ese momento, había reconocido un hecho evidente: durante el futuro más cercano, hasta que hubiese conseguido olvidarse de ella, Sienna Ambrosi era suya.

Mientras esperaba que Sienna terminara su llamada, repasó todo lo ocurrido en la última hora. La tensión se había apoderado de él desde el momento en el que había visto a Sienna en el entierro.

Se puso unas gafas oscuras y se cruzó de brazos mientras observaba el perfil de Sienna. La combinación de cremosa y delicada piel, ojos oscuros y sugerente boca era irresistible.

Un detective privado, a quien él había encargado que investigara Perlas Ambrosi, le había entregado un informe: había descubierto que Sienna se había visto en al menos tres ocasiones con Alex Panopoulos, un rico comerciante.

Aún recordaba el momento de desorientación, de furia, que había experimentado al pensar que Panopoulos podía ser el amante de Sienna.

Muy pronto había descartado esa posibilidad.

Según el detective privado, Panopoulos trataba de seducirla activamente, pero también lo intentaba con Carla. Aún no había conseguido cazar a ninguna de las hermanas Ambrosi.

Sienna terminó su conversación con Carla y vio la impaciencia que Constantine mostraba.

–¿Dónde hablamos? –le preguntó él sin preámbulos–. ¿En tu casa o en la mía?

Sienna se metió el teléfono en el bolso sin poder ocultar las pocas ganas que tenía de ir al apartamento de Constantine. De igual modo, pensar que él podría estar en el santuario de su pequeño apartamento le resultaba igualmente inaceptable.

–Ahora vivo en una casa en la costa.

Constantine abrió la puerta del pequeño descapotable de Sienna. Ella se sentía muy nerviosa, pero tomó asiento tras el volante sin mirarlo a los ojos.

–Carla se ha llevado a mi madre a almorzar a

casa de mi tía Via, por lo que estarán ocupadas durante las próximas dos horas. Puedo reunirme contigo en la casa de la playa de mis padres en Pier Point. Me he estado alojando allí desde que mi padre murió.

Constantine le cerró la puerta y se apoyó sobre el coche mirándola a los ojos.

–Eso explica por qué no has estado en tu apartamento, aunque no por qué no me has devuelto las llamadas en tu despacho.

–Si tantas ganas tenías de hablar conmigo, deberías haber llamado a mi madre.

–Lo hice en dos ocasiones –replicó–. En ambas hablé con Carla.

Sienna se sonrojó. Después de que rompiera con Constantine, su hermana se había mostrado muy protectora con ella. Carla jamás hubiera permitido que hablara con ella.

–Lo siento –repuso ella–. La casa de la playa está lo suficientemente lejos como para que no nos acose la prensa. Si esta conversación va a tomar la dirección que creo, es mejor que nos reunamos allí.

–¿Qué dirección exactamente crees que va a tomar esta conversación? –le preguntó él secamente.

–¿Una conversación con Constantine Atraeus? –preguntó ella con una tensa sonrisa en los labios–. Veamos... Tengo dos opciones, sexo o dinero. Dado que no puede ser el sexo, voto por el dinero.

Capítulo Tres

Mientras conducía hacia Pier Point seguida de Constantine, era muy consciente de su fuerza sexual. Sabía que él la deseaba y no había mostrado reparo alguno a la hora de hacérselo saber.

El hecho de que Constantine la deseara no significaba nada más que era un hombre sano y sexualmente activo. En los últimos dos años, se le había relacionado con varias mujeres hermosas y acaudaladas, todas con grandes posibilidades de convertirse en su esposa.

Tras comprobar que él la seguía, tomó el mando para abrir la verja de entrada a la casa y, tras aparcar, agarró el bolso y salió del coche. Entonces, atravesó el patio delantero de la casa. Constantine también descendió de su vehículo. Sienna se dio cuenta de que se había remangado y que mostraba unos antebrazos fuertes y bronceados. Abrió la puerta de la casa y dejó que él la alcanzara. Con perfectos modales de caballero, Constantine le cedió el paso.

–¿Qué ha pasado con los muebles? –preguntó él al entrar.

Sienna examinó las paredes, de las que había colgado en el pasado una valiosa colección de pinturas.

–Todo vendido, junto con las pinturas que mi abuelo coleccionó. Fueron subastadas –admitió–, junto con todas las joyas que mi madre, Carla y yo teníamos. Incluso las perlas. ¿No te parece un chiste malo? Tenemos un negocio de perlas, pero no nos podemos permitir nuestros propios productos.

Abrió unas imponentes puertas, que daban al despacho de su padre, y se hizo a un lado para que Constantine entrara también. Allí solo había un escritorio y un par de sillas.

Él observó las estanterías vacías y las marcas sobre la pared que indicaban que había habido colgados allí unos cuadros. Tampoco se le pasó por alto el gancho del que había colgado una maravillosa araña de cristal.

–¿Qué fue lo que tu padre no tuvo que vender para pagar sus deudas de juego?

–Bueno, aún tenemos la casa y el negocio. No es mucho, pero se trata de un comienzo. Ambrosi tiene más de cien empleados, algunos llevan décadas trabajando para nosotros. Espera aquí –dijo–. Voy a por unas toallas.

Sienna agradeció poder tener un respiro y subió las escaleras para dirigirse a su habitación. Se quitó los empapados zapatos, se puso unos secos y luego se miró en el espejo. Se quedó atónita al ver que el brillo que tenía en los ojos y el suave rubor de las mejillas. Esa imagen, junto con la del vestido arrugado y el cabello revuelto le daban un aspecto turbador y sensual.

Después, se dirigió al cuarto de baño y se secó el

cabello con una toalla, se lo peinó y decidió no molestarse en cambiarse de vestido dado que, de todos modos, estaba casi seco. No debería importarle si Constantine pensaba que era atractiva o no y, si así fuera, debería olvidarse del tema. Cuanto antes terminara con aquella conversación y él se marchara de su casa, mejor.

Sacó una toalla limpia y regresó al despacho.

Constantine se dio la vuelta. Estaba junto a la ventana, contemplando una maravillosa vista del océano Pacífico. Cuando la miró, lo hizo directamente a los ojos. Sienna sintió que se le detenía el corazón y le entregó la toalla, con cuidado de no dejar que se rozaran sus dedos. Entonces, le indicó la vista.

–Una de las pocas cosas que aún no hemos tenido que vender, pero tan solo porque mi madre vendió la casa de la ciudad esta misma semana. Desgraciadamente, esta casa está hipotecada.

Constantine se secó el cabello con la toalla antes de dejarla sobre el respaldo de una silla.

–No sabía que las cosas estaban tan mal.

–¿Y por qué ibas a saberlo? Perlas Ambrosi no tiene nada que ver con Medinos o con el Grupo Atraeus –dijo mientras le indicaba a Constantine que tomara asiento y rodeaba el escritorio de su padre para sentarse al otro lado, tomando así el papel de directora gerente de Perlas Ambrosi–. No hay muchas personas que conozcan el estado financiero en el que se encuentra esta empresa y te agradecería mucho que no se lo dijeras a nadie. Con los periódicos especulando ya sobre pérdidas, me está costando mucho convencer a algunos de nuestros clientes de que Ambrosi es una empresa sólida.

Constantine hizo caso omiso a la silla y se colocó directamente frente a ella, con los brazos cruzados sobre el torso, neutralizando así toda intención de Sienna por dominar la situación. Ella apartó la mirada de la húmeda tela y del poder tan masculino que lo envolvía.

–Debe de haber sido muy difícil tratar de dirigir un negocio con un jugador empedernido al mando.

–Creo que no podrías entenderlo. ¿Le gustaba apostar a tu padre?

–Solo del mejor modo posible.

–Por supuesto –dijo ella. Lorenzo había sido un excelente hombre de negocios–. Al contrario que mi padre, que siempre encontraba el modo de perder dinero, tanto en los negocios como en la mesa de *blackjack*.

–Mi familia tiene algo de experiencia en eso.

La expresión del rostro de Constantine era remota, triste, lo que le recordó a Sienna que la familia Atraeus había vivido en la pobreza en Medinos durante años, dedicados a la cría de cabras. El abuelo de Constantine incluso había trabajado para el de ella. Todo aquello había ocurrido hacía muchos años.

Él colocó las palmas de la mano sobre la mesa y, de repente, los dos estuvieron casi nariz con nariz.

–Si tan malo era, ¿por qué no lo dejaste todo?

–¿Y abandonar a mi familia y a todos los que dependen de nuestra empresa para vivir? –replicó ella–. Eso jamás fue una opción y espero no tener nunca que llegar a ese punto. Eso me lleva a la conversación que tan desesperadamente deseabas tener. ¿Cuánto debemos?

–¿Sabías que, hace dos meses, tu padre fue de visita a Medinos?

–No –respondió ella muy sorprendida.

–¿Sabías que tenía planes para instalar una fábrica de perlas allí?

–Eso es imposible. Casi no tenemos suficiente capital para operar aquí, en Sídney. Constantine indicó un documento que había dejado sobre la mesa mientras ella estaba fuera del despacho. Sienna estudió el papel y sintió que se le doblaban las rodillas. Un segundo más tarde, tuvo que sentarse en el sillón de su padre sin poderse creer lo que estaba leyendo.

No solo un préstamo, sino varios. El primero coincidía con la primera suma que había descubierto en las cuentas personales de su padre hacía semanas.

–¿Por qué le prestó Lorenzo dinero a mi padre? Sabía que él tenía un problema con el juego.

–Mi padre era un enfermo terminal y, evidentemente, no estaba en sus cabales. Cuando falleció hace un mes, sabíamos que había un déficit. Desgraciadamente, los documentos que confirmaban los préstamos a tu padre no fueron descubiertos hasta hace cinco días.

–¿Por qué no se lo impediste?

–Créeme si te digo que lo habría hecho si hubiera estado allí, pero, por aquel entonces, yo estaba fuera del país. Para redactar los documentos, ignoró las vías habituales e hizo que un viejo amigo se ocupara de redactar los contratos. Veo que estás empezando a comprender la situación. Tu padre ha estado financiando Perlas Ambrosi y su adicción al juego con el dinero del Grupo Atraeus. Una cantidad que él tomó prestada de un moribundo sobre la premisa de un negocio que no tenía intención alguna de crear.

En aquel momento, Sienna comprendió las preguntas que la reportera le había hecho.

–¿Es eso lo que le dijiste a la prensa?

–Creo que me conoces bien como para pensar eso.

Ella se sintió aliviada. No debería importarle que Constantine no hubiera sido quien había filtrado la noticia, pero así era. Alguien, seguramente un empleado, había vendido la información.

Contempló la cifra en cuestión y sintió que su optimismo y que los planes de futuro para Perlas Ambrosi se disolvían. Tenía que haber algún modo de salir de aquella situación. Ya había sacado a la empresa de situaciones muy delicadas con anterioridad. Solo tenía que pensar.

–Y pensaste que yo formaba parte de todo esto –dijo, tras repasar la actitud que Constantine había tenido cuando se lo encontró en el entierro de su padre.

La expresión de él no varió.

Sienna se puso de pie y dejó caer el documento al suelo. Cuando murió Lorenzo Atraeus, había dejado una enorme fortuna basada en una rica mina de oro, varios negocios y una cadena hotelera a sus tres hijos. Entonces, de repente, se dio cuenta de que Perlas Ambrosi estaba en deuda con el Grupo Atraeus. Y eso significaba que estaba en deuda con Constantine.

–Por fin lo has comprendido –dijo él, con una mirada vacía y extraña–. A menos que puedas encontrar el dinero, en estos momentos yo soy el dueño absoluto de Perlas Ambrosi.

Capítulo Cuatro

La vibración de un teléfono móvil rompió el silencio. Constantine respondió la llamada, agradecido de tener una excusa para apartarse de una situación que se había escapado a su control.

Prácticamente, acababa de amenazar a Sienna, una táctica a la que él raramente había recurrido.

Colgó y contempló cómo Sienna recogía las páginas que había tirado al suelo y las dejaba ordenadamente sobre la mesa. Incluso con el vestido arrugado y sin maquillar, tenía un aspecto elegante, con clase. El de una verdadera dama.

De repente, se escuchó cómo un vehículo se detenía en la distancia. El taconeo de unos zapatos de mujer se acercaba a la casa, seguido del ruido de la puerta principal al abrirse.

Constantine fue testigo de la mirada de desesperación que se produjo en el rostro de Sienna. Aquel gesto de pánico le hizo mucho daño. Estaba allí para enmendar el mal que se le hizo a su padre, pero Sienna también estaba tratando de proteger a su familia, más concretamente a su madre, de él.

–No te preocupes –le dijo–. No le diré nada.

Sienna tuvo tiempo de lanzar un suspiro de alivio y de mirar a Constantine con gratitud antes de que Margaret Ambrosi entrara en el despacho, seguida de Carla.

–¿Qué es lo que está pasando aquí? –preguntó con firmeza–. Y no tratéis de engañarme porque sé que ocurre algo malo.

–Señora Ambrosi –dijo Constantine muy amablemente–, mi más sentido pésame. Sienna y yo estábamos hablando de los detalles de un acuerdo comercial que su esposo inició hace unos cuantos meses.

–No creo que mi padre hubiera hecho nada sin… –comenzó Carla. Su madre le impidió seguir.

–Por eso Roberto hizo ese viaje a Europa –comentó–. Me lo tendría que haber imaginado.

Carla frunció el ceño.

–Fue a París y a Frankfurt. No fue cerca del Mediterráneo.

–Roberto se marchó un día antes porque quería pasarse primero por Medinos. Dijo que quería visitar el lugar de la fábrica de perlas original y también la tumba de sus abuelos. Me tendría que haber dado cuenta de que estaba tramando algo porque Roberto no tenía ni un gramo de sentimentalismo en su cuerpo. Fue a Medinos en viaje de negocios.

–Efectivamente –afirmó Constantine.

–Si me perdonan, tengo otra cita. Una vez más, mis disculpas por haberme entrometido en este día tan doloroso para usted.

Entonces, miró a Sienna con unos fríos ojos grises. El mensaje resultaba evidente. Aún no habían terminado aquella conversación.

–Te acompaño a la salida –dijo ella mientras metía los documentos del préstamo en un cajón.

Entonces, salió con Constantine al vacío vestíbulo.

–Ten cuidado.

La mano de Constantine le agarró el codo. El gesto no fue más que una cortesía, pero fue suficiente para reavivar la tensión.

Apretó el paso para alejarse de él al tiempo que le decía:

–Gracias por no decirle nada a mi madre sobre la deuda.

–Si hubiera pensado que tu madre tenía algo que ver, se lo habría mencionado.

–Eso significa que estás convencido de que yo sí que estoy implicada.

Constantine la siguió hasta el exterior de la casa. Una vez en el patio, apretó la llave automática del Audi para que se abrieran las puertas.

–Tú llevas dieciocho meses ocupándote en solitario de la empresa. Y pagando las deudas de Roberto.

Sienna sacó un mando a distancia de su coche y abrió la verja de entrada. Por lo que a ella se refería, cuanto antes se marchara Constantine, mejor.

–Vendiendo posesiones familiares, no para tratar de conseguir más préstamos de los que ya teníamos.

El teléfono de Constantine volvió a sonar. Él tomó la llamada y habló brevemente en medinio. Sienna oyó el nombre de Lucas y cómo se mencionaba el abogado de la empresa, Ben Vitalis. Negocios. Eso explicaba que los tres hermanos estuvieran en Sídney al mismo tiempo, aunque fuera por un breve periodo de tiempo. También enfatizaba el hecho de que, aunque podría ser que Constantine estuviera allí solo para ocuparse del lío en el que los había metido a ambos su padre, ella era tan solo un punto más en el radar del Grupo Atraeus.

La tensión se apoderó un poco más de ella.

–Tenemos muchas cosas de las que hablar –dijo él cuando terminó la llamada–, pero esa conversación tendrá que esperar hasta esta noche. Enviaré un coche para que venga a recogerte a las ocho. Hablaremos durante la cena.

–Por si no te has dado cuenta, acabo de enterrar a mi padre. Tenemos que hablar, pero yo necesito un par de días.

Así, tendría oportunidad de hablar con su contable y pensar en las opciones que tenía. No tenía muchas posibilidades de conseguir el dinero, pero debía que intentarlo. También tendría tiempo de alejarse de las reacciones que él le provocaba. Ya no lo amaba ni él le gustaba. Era imposible que lo deseara.

Constantine abrió la puerta de su coche.

–Hace unos pocos días, lo podría haber organizado así, pero decidiste ignorarme. Me marcho mañana a medianoche. Si no puedes encontrar tiempo antes de entonces, mañana hay un cóctel en mi casa en honor de los socios del Grupo Atraeus.

–No –replicó ella. No quería asistir a un cóctel

en casa de Constantine–. Tendrá que ser en otra ocasión. En cualquier caso, yo preferiría que fuera durante el horario de trabajo.

–Te repito que tenemos que hablar –insistió él. No estaba dispuesto a que Sienna tomara el mando–. ¿Cuándo va a realizarse la lectura del testamento?

–Esta tarde a las cuatro.

Constantine vio cómo Sienna comprendía la realidad de su situación. Si no accedía a reunirse con él, Constantine enviaría a un representante a la lectura del testamento con los documentos del préstamo. No era algo que Sienna estuviera dispuesta a consentir, sobre todo por el daño que le haría a su madre.

–No te quedan opciones, Sienna –dijo Constantine mientras se acomodaba tras el volante del coche y arrancaba el motor–. Prepárate para mañana a las ocho.

A la mañana siguiente, Constantine entró en las oficinas que el Grupo Atraeus tenía en Sídney. Llegaba diez minutos tarde. No era la primera vez, pero casi. Solo había llegado tarde en una ocasión, dos años atrás para ser exacto.

Lucas y Zane ya estaban allí. Constantine, por su parte, la noche anterior prácticamente no había podido conciliar el sueño.

Se dirigió directamente al café que lo esperaba sobre su escritorio y frunció el ceño al ver que sus dos hermanos lo miraban con un interés que despertó su curiosidad.

–¿Qué?

Zane bajó la cabeza y se concentró en la revista de economía que estaba leyendo, lo que ya resultaba raro por sí mismo. Sus lecturas habituales tenían más que ver con los barcos y los coches. Lucas, por su parte, canturreaba en voz baja una canción.

Constantine tomó un sorbo del café y miró a Lucas.

–Ahora que ya tienes un poco de cafeína en el cuerpo –le dijo este mientras le dejaba un periódico sobre el escritorio–, es mejor que eches un vistazo a esto.

Aunque se lo había imaginado, le sorprendió ver la fotografía tomada el día anterior en el entierro de Roberto Ambrosi. Sienna y él se estaban mirando a los ojos y parecía que Constantine estaba a punto de besarla. Si no recordaba mal, efectivamente aquello era lo que había estado a punto de hacer.

Leyó por encima el artículo. Se quedó inmóvil al leer la afirmación de que él había llegado a Sídney el día anterior del fallecimiento de Roberto Ambrosi con el propósito de tener una reunión con él.

Por suerte, el artículo no llegaba a decir que él hubiera causado el mortal ataque al corazón, pero sí afirmaba que se esperaba un anuncio de boda. La canción que Lucas había estado canturreando resultó de repente fácilmente reconocible. Se trataba de la *Marcha nupcial.*

–Cuando me entere de quién ha filtrado esta historia a la prensa…

–¿Qué vas a hacer? ¿Darles un aumento de sueldo? –comentó Lucas mientras arrojaba su taza a la basura.

Constantine dejó el periódico sobre la mesa.

–¿Tan evidente resulta?

–Estás aquí.

Zane se puso de pie.

–Si quieres apartarte de las negociaciones, Lucas y yo podemos retrasar el viaje a Nueva Zelanda. Mejor aún, deja que se ocupe Vitalis.

–No –replicó Constantine.

Zane se encogió de hombros.

–Tú verás, pero si te quedas en Sídney, la prensa va a frotarse las manos.

Constantine estudio de nuevo la fotografía.

–Puedo ocuparme de ello. En cualquier caso, yo me marcho mañana por la noche.

Un teléfono móvil comenzó a sonar. La expresión de Lucas era sombría mientras se sacaba el celular del bolsillo.

–Cuanto antes mejor. No necesitas esto.

Constantine se acercó a la ventana con el café en la mano y una expresión tensa en el rostro para contemplar las vistas mientras Lucas contestaba su llamada. Desde allí, podía contemplar el edificio Ambrosi que, a pesar de verse empequeñecido entre los rascacielos del distrito empresarial de la ciudad, suponía una de las fincas más valiosas de la ciudad. No podía dejar de pensar en el modo en el que Sienna había tratado de proteger a su madre el día anterior. Si había leído el artículo del periódico, en aquellos momentos tendría una opinión peor sobre él, a pesar del hecho de que, a su manera, había tratado de ayudar a su familia manteniendo oculto el lugar en el que Roberto Ambrosi había sufrido el ataque al corazón. El hecho de que se supiera que Roberto había fallecido en un casino no ayudaría a la familia Ambrosi ni a su negocio.

Desgraciadamente, no podía esperar que Sienna le atribuyera motivaciones nobles a sus actos.

Lucas terminó de hablar.

–Era uno de los de seguridad. Aparentemente, un equipo de televisión ha descubierto la localización de la casa de Pier Point. En estos momentos, Sienna está en la playa tomando el sol.

–Debieron de seguirme ayer –susurró Constantine mientras arrojaba la taza vacía a la basura.

El artículo de aquella mañana había aparecido en las páginas de sociedad del periódico. Si no se daba prisa, Sienna podría ser noticia de portada en algún periódico al día siguiente y estaba seguro de que, en opinión de ella, aquello también sería culpa suya.

Lucas parecía preocupado.

–¿Quieres que te acompañe?

Constantine casi ni miró a sus hermanos.

–Tomad vuestros vuelos. Como he dicho, yo puedo ocuparme de esto.

Capítulo Cinco

Cerró los ojos y ahogó un bostezo. Decidió permitir que sus ojos descansaran durante unos segundos. Cuando los abrió, se dio cuenta de que habían pasado mucho más de unos segundos. Con cuidado, miró hacia la playa y vio que estaba vacía. De repente, comprendió qué era lo que le había sacado de su sopor. No era el rítmico golpeteo de las olas si no que se trataba de un nadador, alto, fuerte y muy masculino que atravesaba rápidamente las aguas para dirigirse hacia ella.

Constantine.

No quería que él la viera vestida con un minúsculo biquini rosa. Si tenía que hablar con un Constantine medio desnudo y mojado, prefería hacerlo completamente vestida.

Comprobó que él se dirigía directamente hacia ella.

Cuando por fin llegó a la arena, se puso de pie y comenzó a andar hacia ella. Constantine se tumbó a su lado en la arena.

–Cielo, te aseguro que yo no estaba presente cuando tu padre tuvo el ataque al corazón. Estaba en un casino en vez de asistir a una reunión que tenía conmigo cuando tuvo el ataque. Uno de mis hombres, Tomas, lo sacó de allí antes de que se enteraran los de la prensa. Desgraciadamente, alguien filtró los detalles, seguramente el mismo que les contó lo del préstamo.

Había tratado de protegerlos. Durante un instante, Sienna no supo qué decir. Se sentía tan sorprendida por lo que él había hecho que casi no se dio cuenta de que él le había llamado «cielo».

Respiró profundamente, pero no parecía llegar el oxígeno.El corazón le latía apresuradamente y las rodillas se le doblaban. Cuando todo lo que veía comenzó a convertirse en una imagen borrosa, comprendió que iba a desmayarse por primera vez en su vida.

–Esto no puede estar ocurriendo –dijo extendiendo automáticamente la mano para buscar apoyo.

De repente, el brazo de Constantine le rodeó la cintura para sujetarla. La coronilla de Sienna le llegaba a la barbilla. Él le rozó la frente con la barba, que ya comenzaba a nacerle en las mejillas, lo que le provocó a Sienna un escalofrío por todo el cuerpo. Por fin, ella recuperó la visión y respiró profundamente. El cálido aroma masculino que emanaba de él se mezclaba con el olor limpio y salado del mar. Entonces, como si alguien hubiera apretado un botón, los recuerdos se apoderaron de ella. Se tensó y, pesar del apoyo, volvió a perder el equilibrio.

Constantine dijo algo en voz muy baja y la sujetó con fuerza. Cuando Sienna logró centrarse de nuevo en él, vio que estaba sentada en la arena y que Constantine le había colocado la cabeza entre las rodillas.

–Ya me encuentro bien –dijo ella.

La presión del cuello desapareció. Sienna logró levantar la cabeza y parpadeó al notar la brillantez del sol y de la arena. Constantine estaba sentado a su lado, observándola con los brazos apoyados en las rodillas. Lo primero que se le ocurrió pensar a Sienna fue el aspecto tan diferente que él tenía en la playa, como si al despojarse de la ropa se hubiera deshecho también de sus responsabilidades.

Un sonido le llamó la atención. Era el tono de llamada de un teléfono móvil. Miró a su alrededor y vio la ropa que él se había quitado, un caro traje, con su corbata, camisa y zapatos de diseño que estaban sobre la arena en un montón. Entonces, se dio cuenta de que Constantine no llevaba traje de baño sino simplemente un bóxer de color gris que se le ceñía a los poderosos músculos de sus muslos.

Constantine no hizo ademán alguno de contestar el teléfono.

–¿No vas a contestar?

–No –respondió él. La expresión de su rostro era relajada, casi satisfecha–. No respondo teléfonos en la playa –replicó con una sonrisa.

Sienna sonrió también. En aquello, al menos se parecían. Ella solía escaparse a la playa para desconectar.

–En ese caso, tal vez deberías ir a la playa con más frecuencia.

Por fin, el teléfono dejó de sonar.

–¿Por qué consideraste ayudar a mi padre? –le preguntó.

–No soy un monstruo. Estaba dispuesto a hablar.

–Estabas allí para recoger –replicó. No le dijo directamente que había matado a su padre, pero el pensamiento no la abandonaba.

–Ahí es donde te equivocas. Tu padre se puso en contacto conmigo y lo organizó todo para que nos reuniéramos. Yo no estaba allí para recoger. Tu padre quería otro préstamo.

Unos minutos antes de las ocho, Sienna se puso un vestido de seda azul oscuro y aplastó sin piedad el sentimiento de anticipación que había estado sintiendo desde los minutos que había pasado con Constantine en la playa. Tenía que seguir recordándose una y otra vez que él la estaba obligando a reunirse con él en un evento social. No se trataba de una cita.

Comprobó su maquillaje. Llevaba el cabello recogido con un peinado clásico. Las perlas Ambrosi que llevaba puestas eran su único lujo. Formaban parte de una muestra que estaban utilizando para atraer a un importante joyero europeo, De Vries. Los pendientes y la gargantilla, realizados con un hilo de perlas en forma de flores, tenían un aspecto moderno y opulento a la vez. Iba a asistir al cóctel de Constantine porque él se lo había ordenado, pero eso no significaba que no pudiera aprovechar la oportunidad para promocionar su empresa. Tal vez así podría conseguir los contactos que tan desesperadamente necesitaba.

El coche llegó poco antes de las ocho.

Carla la acompañó escaleras abajo. Ella era la relaciones públicas de Ambrosi y también la imagen de la empresa.

Carla observó a Sienna mientras esta comprobaba si tenía su teléfono móvil, su tarjeta de crédito y sus llaves.

–Te esperaré levantada. Si necesitas ayuda, llámame o envíame un mensaje e iré inmediatamente a por ti.

–Gracias, pero eso no será necesario. Créeme. Esto solo tiene que ver con los negocios.

Cuando salió de la casa, se preparó para encontrarse con Constantine. Sin embargo, se encontró con Tomas, un hombre alto y moreno, que era el ayudante personal de Constantine y que le abrió amablemente la puerta del coche oscuro en el que había ido a buscarla.

Sienna se sintió algo desilusionada. A pesar de la tensión, después de lo ocurrido en la playa, había estado segura de que Constantine estaba más que interesado en volver a retomar la relación donde la habían dejado. Evidentemente, se había equivocado.

Veinte minutos más tarde, Tomas aparcó el coche frente a una impresionante mansión de estilo colonial. Tras bajar del coche la condujeron a una sala iluminada por imponentes arañas de cristal.

Vio enseguida a Constantine. Iba vestido con un traje oscuro y una camiseta negra. Apretó la mandíbula y se dirigió hacia él mientras observaba a los acaudalados e influyentes invitados al cóctel. El corazón se le detuvo al pensar que incluso podría estar allí un representante de De Vries y que podría incluso tener la oportunidad de aplicar un poco de presión directa.

Su avance se interrumpió por la aparición de Alex Panopoulos, uno de los más prestigiosos clientes de Ambrosi.

Panopoulos era el director gerente de una importante empresa que había tratado de salir tanto con Carla como con ella. Dado que Panopoulos tenía una cierta reputación de playboy, no había resultado difícil rechazarlo. Además, él se tomaba las negativas con buen humor. El único problema era que no dejaba de insistir.

–Sienna –le dijo mientras le tomaba las dos manos entre las suyas–. Lamento mucho lo de tu padre. ¿Recibiste mis flores?

–Sí, muchas gracias –respondió ella.

–¿Cómo va el negocio?

–Todo va como siempre.

Panopoulos le soltó una mano y le acarició la suave piel del rostro.

–Con tu habitual eficacia, sin duda. También necesitas cuidarte a ti misma.

Durante un breve instante, Sienna deseó sentir algo por Panopoulos a pesar de que sabía que él era así con todas las mujeres.

–De hecho –añadió–, me alegra mucho que nos hayamos encontrado esta noche. Me gustaría que salieras a cenar conmigo la semana que viene.

Sienna se tensó. Panopoulos era muy astuto. Sospechaba que él intentaba una relación personal con Carla y ella para llevar ventaja si Ambrosi terminaba poniéndose a la venta.

–Si lo que le preocupa es lo que los periódicos están publicando, relájese. Perlas Ambrosi seguirá suministrándole sus pedidos.

En los ojos de Panopoulos se reflejó un brillo más fuerte, más directo, más calculador.

–Estoy seguro de ello, pero de lo que quería hablar es del futuro.

–Panopoulos.

Él soltó la mano de Sienna al escuchar una voz tras él.

–Atraeus.

Constantine la miró durante un instante antes de centrar toda su atención en Panopoulos.

–Me han dicho que va a venir a Medinos para la inauguración de nuestro nuevo *resort*.

–Agradezco la oportunidad de establecer una tienda en Medinos. No hay muchos hoteles de siete estrellas en el mundo.

–Según tengo entendido, está usted ofreciendo una cantidad considerable para obtener un espacio en la segunda etapa del complejo hotelero.

–He hablado con Lucas hace unos minutos y él ha puesto fecha a una reunión preliminar.

–En ese caso, espero con impaciencia verlo en

Medinos la semana que viene. Ahora, si nos disculpa, la señorita Ambrosi y yo tenemos un asunto del que hablar.

Panopoulos entornó la mirada.

–Por supuesto.

Constantine le colocó la mano en la espalda. Segundos más tarde, salían de la concurrida sala y se adentraban en un patio completamente vacío. Rodeado de follaje, el ambiente de aquel espacio resultaba completamente tropical. Una fuente añadía una nota exótica mientras las gardenias entregaban su perfume al aire de la noche.

–No deberías haber hecho eso. Estaba hablando con uno de mis mejores clientes…

–¿Qué quería?

–Eso no es asunto tuyo.

–Si Panopoulos quería hablar de Ambrosi, sí que es asunto mío.

Constantine le recordó de aquella manera tan sutil el poder que él ejercía sobre la empresa.

–Nuestra conversación era personal. De hecho, me estaba invitando a cenar.

–Y tú le has rechazado.

–En realidad, no –dijo. No era una mentira, dado que Constantine había intervenido antes de que pudiera hacerlo.

–¿Y sabes a ciencia cierta de que lo que Panopoulos quiere de verdad son las perlas de Ambrosi?

–Por supuesto que sí –replicó ella, muy enojada–. Ahora, si me perdonas…

–Todavía no.

Aquellas dos palabras la dejaron completamente inmovilizada. Cuando se fijó más en su rostro, se dio cuenta de que Constantine no estaba solo enfadado. Se sentía furioso.

Solo lo había visto enojado en una ocasión, el día que rompieron. Le daba la sensación de que, por primera vez, iba a ver al verdadero Constantine.

–¿Te ha pedido que te cases con él?

Sienna contuvo el aliento. Si no supiera que eso era imposible, habría pensado que Constantine estaba celoso.

–Todavía no.

–¿Y si te lo pide?

–Si me lo pide… tendré que pensar si debo aceptar. En estos momentos, por lo que a mí respecta, un marido con dinero sería un regalo del cielo.

–Cuando Panopoulos descubra cuándo dinero debe Ambrosi, no creo que se lo plantee.

El corazón de Sienna comenzó a latir alocadamente cuando él se acercó a ella. Constantine le miró la boca y, de repente, Sienna estuvo completamente segura de que él tenía la intención de besarla.

Capítulo Seis

Sienna dio un paso atrás. Grave error porque, literalmente, había permitido que él la arrinconara. Un paso más y se encontraría contra la pared del patio.

–Ese comentario me parece ofensivo.

–Solo te ofendería si te hubieras acostado con Panopoulos y no creo que lo hayas hecho.

Sienna apretó la mandíbula.

–De eso no puedes estar seguro.

–Llevo cuatro días en la ciudad. Cuando no estaba tratando de ponerme en contacto contigo, realicé algunas pesquisas. No me resultó difícil obtener información.

A Sienna se le cayó el alma a los pies. Con las posibilidades que Constantine tenía, le habría resultado muy fácil descubrir lo que quisiera sobre ella, incluso el hecho de que su vida personal era tan árida como el desierto. Casi nunca salía. No tenía tiempo de estar con nadie. Estaba demasiado ocupada tratando de vender perlas.

–No tienes ningún derecho a husmear en mi vida privada.

–No era exactamente lo que había pensado para mi tiempo libre, pero, tanto si nos gusta como si no, para el futuro más cercano, todo lo que tenga que ver con Perlas Ambrosi y contigo es asunto mío. ¿Has hablado ya del préstamo con Brian Chin?

Aquel cambio tan repentino de un tema personal a otro profesional la desequilibró aún más. Brian Chin era el contable de Ambrosi.

–Le envié las páginas esta misma tarde. No le gustó nada.

Eso era decir poco. Como ella, Brian se había quedado petrificado.

–Deduzco que Brian sigue siendo el único consejero financiero que tienes.

–Brian lleva diez años con nosotras. Es leal.

–Sin embargo, no fue capaz de controlar a tu padre.

–¿Y quién podría?

–En ese caso, ¿por qué lo intentaste?

–Alguien tenía que hacerlo. Mi madre no tiene cabeza para los negocios y Carla tampoco. Si yo no me hubiera hecho cargo, lo habríamos perdido todo hace mucho tiempo.

–Habría ayudado.

–Tú tuviste tu oportunidad.

–En esas condiciones, no –dijo él entornando la mirada al escuchar la referencia que ella hacía al trato financiero que había acabado con su compromiso.

–Si te hubieras molestado en descubrir algo sobre mí, te habrías dado cuenta de lo importante que Ambrosi es para mí.

–Lo sabía ya. ¿Por qué crees que me presenté?

Sienna se quedó atónita. Durante un instante de lucidez, se vio tal y como había sido hacía dos años. Obsesionada, con empuje...

El hecho de que Constantine hubiera terminado con su compromiso tan rápidamente ya no resultaba incomprensible. Sienna siempre había sabido que él era cruel y poco dado a los compromisos en los negocios. Simplemente, no se había dado cuenta de trasladar esa realidad a su vida personal. No le había gustado verse en un segundo plano y no se había sentido preparado para ocupar su espacio detrás de Ambrosi o de la adicción al juego de su padre.

–Por fin lo has comprendido...

De repente, él estaba cerca, demasiado cerca. Un nuevo paso atrás la empujó contra la pared. Debería escapar, zafarse de él. Podía llamar a un taxi y, en cinco minutos, estaría de vuelta en casa. Si Constantine quería hablar con ella, tendría que hacerlo por teléfono o en presencia de sus abogados.

Él apoyó una mano contra la pared y le impidió escapar por ese lado.

–¿Por qué no me dijiste lo que estaba ocurriendo hace dos años?

–¿Y ver cómo te marchabas, como finalmente hiciste, cuando te enteraste del préstamo?

–Ya te he dicho que habría ayudado.

Durante un instante, la mente de Sienna se quedó completamente en blanco. Hasta aquel momento, no se había dado cuenta de lo furiosa que había estado por el hecho de que Constantine se hubiera marchado, por preferir no entender siquiera su situación cuando ella desesperadamente había necesitado su ayuda.

–¿Para luego marcharte? No, gracias.

–Podrías haber buscado ayuda profesional para tu padre y para la empresa.

–Mi padre no habría aceptado la primera y no nos podíamos permitir la segunda.

Le acarició suavemente la mejilla con el pulgar. Sienna sintió que el pulso se le desataba. La respuesta de su cuerpo ante aquel repentino gesto de intimidad era abrumadora. Se sentía atrapada por unos sentimientos que no quería experimentar. Ira, frustración y, lo más inaceptable de todo, el deseo. Desde los tórridos momentos que habían pasado en el coche, Sienna había comprendido que deseaba que Constantine se le insinuara.

–¿Por qué eres tan testaruda?

Notó que él se retiraba un poco. Sabía que debía aprovechar el momento para escapar. Entonces, notó la intención que él tenía. Acababa de colocar en ángulo el rostro. Su boca estaba a pocos centímetros de la de ella...

Sienna se dio cuenta de otra cosa. Si ella estaba aún ciegamente atraída por Constantine, resultaba evidente, y turbador, que él también la deseaba. De repente, pareció no haber aire.

La boca de Constantine rozó la de ella. Sienna echó la cabeza hacia atrás en un esfuerzo ímprobo por controlar el calor que le recorría el cuerpo. No debería querer saber lo que se sentía cuando él la besaba, lo que se había pasado dos años tratando de olvidar.

–Esto no es justo.

–No tenía por qué serlo.

Constantine le colocó las manos en la cintura. Había llegado el momento de insistir en que debían mantener su relación a un nivel completamente profesional. Sin embargo, seducida por el hecho de que él siguiera deseándola, sabiendo que si no tenía cuidado podía volver a enamorarse de él, se puso de puntillas y le devolvió el beso.

Una oleada de calor le recorrió todo el cuerpo. Sentía los dedos de Constantine en el cabello. Entonces, una mano le cubrió un seno. A pesar de la doble capa que suponía la tela del vestido y el sujetador, ella sintió que se le hacía un nudo en el estómago y que, durante un momento, el tiempo se detenía... Hasta que se escuchó una voz masculina y ella se vio libre, separada de él.

Constantine controló el salvaje deseo de mandar a Tomas a paseo. Su asistente personal tenía instrucciones muy precisas de no interrumpirle en aquel momento, lo que significaba que, fuera lo que fuera lo que tenía que decirle, era muy urgente.

Tomó el teléfono que su asistente personal le había llevado.

La conversación con su consejero financiero fue breve y concreta. El lío legal que su padre y Roberto Ambrosi habían elaborado entre ambos había tenido como resultado un giro inesperado. Lorenzo había cedido derechos sobre el agua que Constantine necesitaba para la ficticia fábrica de perlas de Roberto. Si no tenía derechos sobre el agua, no podía desarrollar su complejo hotelero, lo que, en la práctica, dejaba parado un proyecto en el que él ya había invertido muchos millones.

Terminó la llamada y le devolvió el teléfono a Tomas. Le dijo que se marchara y le dio las gracias. Entonces, se volvió de nuevo a Sienna. Había esperado que en aquel breve intervalo ella hubiera vuelto a recuperar la hostilidad hacia él y no se había equivocado. Con tristeza, se dio cuenta de que en el breve espacio de dos minutos, ella había recuperado la fría compostura que tanto le molestaba.

Un relámpago señaló que se estaba produciendo de nuevo una violenta tormenta eléctrica. Inmediatamente, Sienna pareció más interesada en el interior de la sala. Cuando trató de escapar de su lado, Constantine se lo impidió.

–No hemos terminado nuestra conversación. Podemos hacerlo en la intimidad de mi despacho.

Sienna estaba a punto de negarse. El peligro inherente de una reunión en privado de repente resultaba más potente que el de la amenaza financiera que se cernía sobre ella.

Sin embargo, al final asintió y comenzó a subir la escalera. Tenía muchas ganas de verse a cubierto.

–Deduzco que la llamada de teléfono eran malas noticias.

–Nada que no pueda solucionarse –replicó él.

Efectivamente, la llamada eran malas noticias, pero eso le iba muy bien a Sienna. El retorno de la animosidad entre ambos sería un alivio que neutralizaría el aterrador pensamiento de que Constantine tenía intención de volver a meterla en su cama.

La adrenalina le recorrió rápidamente todo el cuerpo. No debería haberle devuelto el beso. Prácticamente se le había ofrecido. Al menos temporalmente, había alterado la ecuación que había entre ellos y le había dado un poder sobre ella que Sienna se había jurado que jamás le concedería.

De repente, un inesperado trueno la hizo perder el equilibrio. Uno de los tacones de sus zapatos se encajó en una ranura del suelo de madera y, en ese instante, las luces se apagaron dejándolos a ambos sumidos en una absoluta oscuridad.

Constantine le rodeó la Sienna la cintura con un brazo. Ella se encontró apretada contra el firme cuerpo de Constantine y notó la erección que él tenía contra su vientre. El deseo se apoderó de ella, pero, tras pensarlo un instante, lo empujó y se inclinó para soltarse el zapato de donde se le había quedado enganchado.

Volvió a rodearle la cintura con el brazo y la inmovilizó firmemente contra su lado hasta que consiguieron llegar a una parte del sendero que quedaba iluminado por unas lámparas solares.

Segundos más tarde subieron los escalones que conducían hacia la casa.

Notó que estaban dentro de la casa cuando los pies desnudos comenzaron a pisar encima de una moqueta.

–¿Dónde estamos?

–En mi suite privada. El despacho está justo al otro lado del vestíbulo.

Constantine se apoyó contra la puerta. Sienna extendió la mano y fue a tocarle en los duros músculos del abdomen. Él volvió a agarrarla por la cintura y la colocó contra el seductor calor de su torso.

Sienna se negaba a quedarse inmóvil, por lo que se desembarazó de él y dio un paso atrás. Estaba ya completamente segura de que a Constantine no le ocurría nada.

–Dime dónde guardas una linterna o unas velas.

–Hay una linterna en el dormitorio.

Sienna no iba a dejarse engañar por eso.

–En ese caso, tú puedes quedarte aquí porque yo voy a pedir ayuda.

Constantine no la dejó moverse. Le agarró la mano en la oscuridad y le impidió marcharse.

–No necesito ayuda.

Un relámpago iluminó el rostro de Constantine.

Entonces, la besó. Sus labios resultaron cálidos e inesperadamente suaves. De repente, marcharse de allí ya no era una opción. Sienna se puso de puntillas, le rodeó el cuello con los brazos y le devolvió el beso con pasión.

Unos minutos más tarde, él la tomó entre sus brazos y, aún a oscuras, la llevó a otra habitación. Como conocía perfectamente dónde estaban los muebles, no tardó en colocarla encima de un sofá.

Mientras Sienna se ponía a desabrocharle los botones de la camisa, sintió cómo él le bajaba la cremallera del vestido y le abría el broche del sujetador. Después de un largo y apasionado beso, Constantine se encargó de quitarle ambas prendas.

Un relámpago, ya más débil y distante, iluminó la estancia lo suficiente como para permitirle ver que él se estaba quitando la corbata, la chaqueta y la camisa. Después, ya a oscuras, sintió cómo él se tumbaba encima de ella. La piel desnuda de su torso, cálida y firme, le aplastaba los senos. Durante unos maravillosos instantes, siguieron besándose con una embriagadora y seductora dulzura que transportó a Sienna a las largas tardes en su apartamento, seguidas de noches aún más largas en su cama.

Él le enganchó las braguitas con los dedos. Sienna levantó las caderas para que él pudiera quitárselas y quedó completamente desnuda, a excepción de las perlas que llevaba puestas.

Durante un instante, pensó que estaba a punto de cometer un monumental error. Entonces, decidió que, después de dos años de sufrimiento y trabajo, se merecía, por una vez, hacer lo que quisiera. Podía dejarse llevar por la pasión que pensaba que había muerto cuando Constantine la dejó.

Al sentir los pantalones de Constantine entre las piernas, sintió una ligera irritación. Constantine no estaba desnudo. Había pensado que, en el breve intervalo que los dos habían estado separados, él se habría ocupado de quitarse los pantalones y calzoncillos a la vez. Aquel pequeño detalle dejó de tener importancia cuando, por fin, se convirtieron en uno solo.

Hasta aquel momento, no se había dado cuenta de lo mucho que lo había echado de menos. Le encantaba el tacto, el sabor de su piel, sentirlo...

Constantine murmuró algo en medinio.

–Lo sabía. Sabía que no habías estado con nadie más.

La boca de él se le enganchó un pecho. El placer que sintió borró todo pensamiento lógico y lo único que pudo hacer fue aferrarse a él y moverse al ritmo que marcaba.

Oyó que él contenía el aliento. El placer estaba cerca de resultar insoportable. Entonces, se sorprendió al darse cuenta de que él se había puesto un preservativo. No se había dado cuenta de que se lo había puesto. Eso explicaba que no hubiera aprovechado el tiempo que habían estado separados en la oscuridad en desvestirse. Había estado ocupándose de algo mucho más importante. Debería sentirse agradecida de que él no hubiera perdido la cabeza como le había ocurrido a ella.

Comenzó a moverse y sintió que el aliento se le detenía en la garganta. El placer que sentía era cada vez más grande. Se aferró a él, enredándole los brazos alrededor del cuello y, por fin, alcanzó un clímax cálido y arrollador. A duras penas, fue consciente de que Constantine lo alcanzaba instantes después de ella.

Una suave luz dorada inundó la habitación de repente. La mirada de Constantine se cruzó con la suya, y cualquier duda que ella hubiera tenido de que aquel acto sexual había sido fruto de una decisión del momento se evaporó cuando vio la satisfacción que le brillaba en los ojos. No le quedó ninguna duda de que él había planeado todo lo que acababa de ocurrir.

Y ella que había creído que Constantine se había dejado llevar por los sentimientos, igual que ella...

Le empujó y se hizo a un lado para permitirle que se levantara del sofá. Sienna se sentía azorada, expuesta. Buscó su vestido y se lo puso rápidamente. El sujetador estaba sobre un lado del sofá y las braguitas debajo de una elegante mesita de café. Él estaba abrochándose los pantalones.

Sienna sentía que las mejillas le ardían. No quería ni mirarle. Recogió las braguitas y se dirigió directamente al cuarto de baño.

Se sentía horrorizada por su falta de control. Se miró en el espejo y vio que tenía el cabello despeinado y la piel arrebolada. Tal vez Constantine había planeado todo aquello, pero eso no cambiaba el hecho de que ella prácticamente se le había arrojado encima, no una, sino dos veces. Constantine simplemente se había aprovechado de su vulnerabilidad.

Unos minutos más tarde, ya aseada y más presentable, volvió a salir del cuarto de baño. Aún le faltaban los zapatos y el bolso, que habían quedado en algún lugar del jardín. Vio que Constantine paseaba de arriba abajo por la habitación hablando por teléfono. Tenía una expresión de tensión en el rostro. Se había puesto una camisa limpia, que llevaba aún desabrochada. Apartó la mirada del magnífico torso y de los poderosos abdominales. La relajación de su atuendo enfatizaba aún más la intimidad de lo que acababan de compartir.

Cuando terminó la llamada, se volvió a meter el teléfono en el bolsillo.

–¿Algún problema? –le preguntó. De repente tenía mucha prisa por marcharse.

–Un inconveniente con el nuevo hotel.

–Y esa es la razón de que te marches esta misma noche.

–Podrías venir conmigo... –sugirió él tras una pequeña pausa.

–¿A Medinos? –preguntó ella. Durante un instante, a pesar del dolor y la desilusión, se sintió tentada.

–Sí. Me marcho dentro de tres horas. Puedes compartir el vuelto conmigo. No hemos tenido tiempo de... concluir nuestra conversación. Podríamos retomarla donde la dejamos.

Sienna reprimió un impulso inmediato por aceptar, por implicarse más en una relación que la lógica y la historia dictaban que estaba destinada a fracasar. Lo más sensato era rechazar la oferta y poner su relación de nuevo donde había estado en un principio.

Entonces, se dio cuenta de que aquello ya no tenía que ver solo con ella. La inauguración de un *resort* de Atraeus era un acontecimiento de primera línea, al que se podía acudir tan solo con invitación. Estaría repleto de gente muy importante. Tal vez estuviera incluso De Vries.

A pesar de lo que acababa de ocurrir en el sofá,

ir a Medinos era una oportunidad que no podía permitirse dejar pasar. No tendría nunca una mejor oportunidad de presentar la nueva colección de perlas y asegurarse los contratos que habían estado persiguiendo. Si De Vries, por ejemplo, firmaba con ellos un contrato de un año, podrían pagar a Constantine.

–Está bien.

La sorpresa se reflejó en la mirada de Constantine, pero él se controló rápidamente.

–Tomas te llevará a casa para que puedas hacer las maletas.

De repente, Sienna se dio cuenta de que iba a necesitar más del tiempo del que él le estaba ofreciendo. Además, no quería ir en el mismo avión que él. Tenía que preparar las muestras que quería llevarse y hablar con De Vries para ver si su representante iba a estar allí. Preparar algo tan importante podría llevarle días.

–No puedo marcharme a Medinos esta noche. Necesitaré dos días antes de marcharme.

Constantine la miró. Cuando estaban haciendo el amor, las perlas habían parecido brillar en la oscuridad, recordándole que no solo estaba haciendo el amor con la mujer que deseaba, sino también con la directora gerente de Perlas Ambrosi. En aquel momento, ella parecía estar alejándose de él y se mostraba distante y fría, como si nada hubiera ocurrido.

Sin embargo, al menos había accedido a acompañarle a Medinos. Se le había ocurrido la idea cuando ella le confesó que consideraría el matrimonio con Panopoulos y la había confirmado al comprobar que no se había acostado con nadie desde que rompieron.

El sentimiento había sido casi el mismo que cuando se dio cuenta de que Sienna era virgen la primera vez que hicieron el amor. Pensar que podía tener otro hombre en su vida, como por ejemplo Panopoulos, le disgustaba profundamente.

–En ese caso, dime a qué hora quieres salir y te tendré preparado el avión de la empresa.

–No –replicó ella levantando la barbilla–. Iré en un vuelo comercial.

–No te puedes permitir pagar un billete.

Si no se había equivocado en sus cálculos, Constantine había estado pagándolo todo, incluso el sueldo de Sienna, desde hacía dos meses.

–Tengo dinero propio –afirmó ella. Se había sonrojado profundamente.

–Entonces, al menos deja que te organice el regreso a casa.

Sacó su teléfono móvil y llamó a Tomas antes de que ella pudiera protestar. Segundos más tarde, colgó y la siguió al exterior. Sienna por fin había encontrado sus zapatos y su bolso.

Una profunda satisfacción se apoderó de él.

Capítulo Siete

Dos días más tarde, Sienna desembarcó de su vuelo comercial para encontrarse con el abrasador calor de Medinos. El vestido azul de algodón que llevaba puesto se le pegaba a la piel mientras avanzaba por la terminal de llegadas para encontrarse con Tomas, que la estaba esperando.

Minutos más tarde, se encontraba ya acomodada en un coche oscuro. Mientras Tomas conducía, ella observaba con curiosidad las casas, los olivares, los viñedos y la increíble fusión de mar y cielo.

Había esperado que Medinos fuera un lugar fascinante y no quedó decepcionada. Constantine y su familia eran dueños de grandes fincas. La pequeña granja de cabras que habían poseído originalmente en la isla de Ambrus se había transformado en una opulenta mina de oro. De hecho, la isla entera era ya propiedad de los Atraeus.

La isla principal era grande y poblada, aunque como el interior tenía una orografía algo escarpada, la población se concentraba principalmente en la costa. Las otras islas del archipiélago eran visibles desde la carretera. Sus nombres resultaban poéticos y quedaban imbuidos de misterio y magia: Nycea, Thais, Pythea y, la más cercana, Ambrus.

El teléfono de Tomas empezó a sonar. El profundo timbre de su voz mientras hablaba en medinio la hizo recordar brevemente el explosivo interludio que había tenido con Constantine en su casa.

Centró su atención en el reluciente Mediterráneo. Iban por una carretera que atravesaba las afueras de una ciudad. Las calles cada vez estaban más concurridas. Tomás señaló el Castello Atraeus, construido en lo más alto y desde el que se dominaba la bahía y la ciudad de Medinos. El castillo había sido destruido casi en su totalidad durante la Segunda Guerra Mundial. Lorenzo Atraeus lo había comprado y lo había reconstruido y por eso llevaba el apellido de la familia.

Cuando por fin dejaron atrás la ciudad, Lorenzo volvió a tomar la carretera que, en aquella ocasión, discurría a lo largo de la playa. Minutos más tarde, entraron en el aparcamiento del nuevo hotel del Grupo Atraeus, un elegante edificio de lujo que acababa de ser terminado.

Cuando Sienna salió del coche, se percató de la isla más cercana a Medinos.

–¿Es Ambrus?

–Sí –respondió Tomas mientras esperaba que el botones fuera a recoger el equipaje de Sienna–. Es Ambrus.

Sienna se colgó su bolso al hombro y entró en el lujoso vestíbulo del hotel. Inmediatamente, vio un hombre con el cabello negro y unos anchos hombros que le resultaban muy familiares. Constantine iba vestido informalmente, con unos pantalones oscuros, una camiseta negra y una chaqueta. Como no había esperado encontrarse con él en el vestíbulo del hotel, Sienna se ocupó en registrarse en recepción y en recoger su llave. Constantine habló brevemente con Tomas y le indicó al botones el camino de la suite. Después, insistió en acompañarla.

La lujosa suite de la planta baja a la que la acompañó tenía acceso interno y externo, con unas impresionantes vistas de Ambrus. Constantine abrió las puertas de un patio privado.

Sienna salió al exterior y contempló el agua azul del Mediterráneo y los imponentes acantilados negros. Las colinas tenían el color del trigo y sus suaves laderas presentaban unos puntitos blancos que ella decidió que eran cabras.

Constantine se reunió con ella.

–Ambrus parece un lugar desierto.

–Las minas están al este de la isla. Hay un proyecto para la construcción de un nuevo hotel y un puerto al norte, pero, aparte de eso, criamos cabras para que se coman las malas hierbas. La fábrica de perlas de tu familia está al noroeste.

Sienna observó los acantilados, en los que no se veía ni una sola playa. Sabía que había tranquilas bahías y calas porque eran necesarias para el cultivo de perlas, pero en el sur de la isla nada parecía remotamente civilizado.

En aquel momento, el botones llamó suavemente a la puerta para anunciar que llegaba con el equipaje. Sienna sintió un profundo alivio al ver el maletín en el que llevaba las muestras de las Perlas

Ambrosi. Constantine también se fijó en el maletín, aunque resultaba imposible que supiera lo que contenía.

Él le entregó dos tarjetas. La primera era una invitación para la inauguración oficial del *resort* aquella tarde y la segunda una invitación para el almuerzo que se iba a celebrar al día siguiente para presentar la nueva colección de las joyas de Atraeus.

–Ahora no vamos a tener tiempo para hablar de los detalles del préstamo. Esa conversación tendrá que esperar hasta esta noche.

En el reverso de las tarjetas, escrito a mano, estaba todo lo referente a la etiqueta en el vestir de cada uno de los eventos. Sienna las leyó y se las guardó en el bolso.

–Gracias.

Constantine se dirigió hacia la puerta abierta.

–Estaba seguro de que agradecerías la oportunidad de darte a conocer.

Sienna cerró la puerta. En Sídney, Constantine había parecido manejable. Una hora antes de volver a verle había dado por sentado que, al menos en el terreno profesional, podría manejarlo.

Sin embargo, aquel no era el Constantine que ella había conocido hacía dos años. La había seducido fácilmente. Había utilizado el apagón para conseguir acostarse con ella. El hecho de que ella quisiera no contaba tanto como el hecho de que Constantine era un hombre duro, inteligente y más manipulador y dominante de lo que ella había imaginado.

Además, estaba casi segura de que él sabía exactamente lo que ella había ido a hacer a Medinos.

Constantine observó cómo Sienna avanzaba por la sala en la que se iba a celebrar la recepción. Aunque no hubiera sido informado de que había entrado en el salón de baile del hotel más espectacular del Grupo Atraeus, habría resultado muy fácil localizarla tan sólo siguiendo el curso de las cabezas que se giraban a su paso.

Dio por terminada una conversación, dejó su copa en una mesa y trató de refrenar su ira al darse cuenta de lo que ella llevaba puesto.

Llevaba el cabello recogido para enfatizar la línea del vestido, que estaba diseñado para provocar un ataque al corazón. Se trataba de un vestido de color champán, con el escote recogido al cuello y, aparentemente, era muy sencillo. La sedosa tela era casi del mismo color que la piel de Sienna, por lo que, a primera vista, daba la sensación de que estaba desnuda. Por si esto fuera poco, por la forma del escote estaba seguro de que ella no llevaba sujetador.

Constantine apretó los dientes con una mezcla de deseo e irritación. El vestido le llegaba hasta los tobillos y tenía un corte muy discreto por lo que cumplía a la perfección el código de vestir que él había exigido y, al mismo tiempo, lo infringía en muchos aspectos.

Lucas, que estaba a su lado, dejó escapar un silbido.

–Si sigues mirando, te saco los ojos –le dijo Constantine con voz tranquila.

Zane, que había llegado de los Estados Unidos aquella misma mañana para la inauguración del hotel, observaba a Sienna con su habitual frialdad. Si Lucas era algo alocado, Zane lo era aún más, pero tenía el sentido común de no revelarlo. Un par de años en las calles de Los Ángeles después de escaparse de su madre cuando esta se casó por tercera vez, le habían dejado su impronta. En apariencia, Zane era frío y tranquilo. Su encanto personal era letal, por lo que jamás le faltaba la compañía femenina. Sin embargo, no confiaba en ninguna de las mujeres con las que había salido.

Zane dio un sorbo a la cerveza que tenía en la mano.

–Podría merecer la pena. Me he fijado que no se ha traído a su contable.

Ni a nadie, para satisfacción de Constantine.

–Tampoco lleva maletín.

–Y no parece estar muy contenta de estar aquí –comentó Zane.

Constantine deseó que su hermano no siguiera frotándole sal en la herida. Al menos, no llevaba el maldito maletín con las muestras.

–No necesitas esto –dijo Lucas, de repente.

La expresión de Constantine permaneció impasible. Podría haber dejado la conversación a su equipo de asesores legales, que eran personas muy cualificadas y preparadas. A menos que Sienna se sacara un cheque de la manga, el Grupo Atraeus era el dueño de Ambrosi. Sin embargo, hacia ya mucho tiempo que el asunto había dejado de tener que ver con el dinero.

Al menos para él.

Observó cómo Sienna se detenía a hablar con una pareja japonesa. La razón por la que Sienna estaba en Medinos era muy sencilla. Aparte del hecho de que él quería volver a hacerle el amor, necesitaba saber hasta dónde era capaz de llegar para librarse de la deuda. No quería pensar en el hecho de que ella podría acceder a acostarse con él para influir en las negociaciones, pero después de lo ocurrido hacía dos años y el hecho de que ella le había permitido hacerle el amor tan fácilmente la noche anterior, no podía ignorar esa posibilidad.

–La situación con los derechos del agua ha... complicado las cosas –le explicó a su hermano.

Lucas sacudió la cabeza.

–La única complicación real que yo veo está a diez metros y se va acercando.

Zane terminó su cerveza y dejó la copa sobre la mesa.

–*Ciao* –dijo–. Ten cuidado.

Constantine entornó la mirada al ver que un invitado se acercaba a Sienna. Apretó la mandíbula cuando reconoció a Alex Panopoulos.

El teléfono comenzó a vibrar. Vio que se trataba del número de una empresa de seguridad de Sídney que había contratado para investigar a la familia Ambrosi. Mientras se llevaba el teléfono a la oreja, Sienna se volvió para hablar con Panopoulos. Si le había parecido que la parte delantera del vestido era atrevida, se podía decir que la espalda era inexistente.

Sienna consiguió desembarazarse de Alex Panopoulos con el pretexto de que tenía que ir al tocador. Entonces, se detuvo en un tranquilo rincón de la sala, decorado con estatuas y verdes palmeras, dobló la gasa color champán que llevaba colgada de los hombros y se la metió en el bolso. Lo que en realidad quería era disponer de unos minutos para estudiar la sala y ver si podía ver a Northcliffe, el representante de De Vries con el que tenía una reunión a la mañana siguiente.

Vio a Constantine. Estaba muy elegante hablando por teléfono. Sintió que el corazón le latía con fuerza.

Con los nervios aún a flor de piel, se mezcló con el resto de los invitados mientras pensaba en aquel momento de pánico.

Cada vez que recordaba que había animado a Constantine a hacerle el amor, se le hacía un nudo en el estómago. Le gustara o no, en lo que se refería a Constantine, era una mujer muy vulnerable.

Un camarero pasó a su lado. Rechazó los canapés que él le ofreció. Estaba demasiado nerviosa como para poder comer o beber. Prefería esperar a identificar a Northcliffe.

Se detuvo junto a una vitrina y admiró una serie de joyas, un avance de las que se iban a presentar al día siguiente. Durante un instante, su nerviosismo se disolvió y se vio atraída por las fascinantes creaciones. Ella no era diseñadora. Su pasión siempre había sido el lado empresarial del negocio. Su padre solía bromear con el comentario de que tenía el corazón de una tendera. Era una verdad que jamás se sentía más feliz que cuando estaba haciendo una venta.

Un suave hormigueo en la nuca la obligó a tensarse.

La imagen de unos anchos hombros incrementó su tensión.

Si se trataba de Constantine, había atravesado la sala, lo que significaba que la había visto.

–Sienna, me alegra que hayas podido venir.

Vio unos afilados pómulos y una fuerte mandíbula, pero comprobó que no se trataba de Constantine, sino de Lucas, su hermano menor.

Con sus rudos rasgos, fruto de dos temporadas en la liga profesional de rugby en Australia, y su arrebatador aspecto de chico malo, Lucas resultaba muy atractivo.

Había tratado de salir en el pasado con Carla, pero, desgraciadamente, lo había hecho después de que Constantine dejara a Sienna y antes de que Lucas se diera cuenta de que la boda había sido anulada. Carla, que era leal hasta la muerte, no había querido saber nada de él y se lo había dejado muy claro en una discoteca. La discusión pública que ambos habían tenido había pasado a los anales de la historia.

Carla había sobrellevado la atención que la prensa les dedicó a las dos hermanas mucho mejor que Sienna. Vio aquello como una oportunidad para darle publicidad a sus perlas y, gracias a ella, los pedidos habían sido muy numerosos.

–Ya me conoces, Lucas. Oro, joyas, objetos de arte... No me puedo resistir.

–Tú misma pareces uno de los objetos de arte de Constantine.

Sienna respondió a aquel comentario mirándolo directamente a los ojos. El vestido que llevaba puesto era más provocador que los que normalmente se solía ponerse, pero había un motivo para ello. El vestido pertenecía a la última campaña publicitaria de la firma. Harold Northcliffe lo reconocería enseguida. Las joyas eran unos prototipos que habían diseñado con De Vries con la mente puesta en el sofisticado mercado europeo.

–Si quieres ganarte puntos conmigo, Lucas, vas a tener que esforzarte más. Este vestido pertenece a Carla.

–En realidad, han sido las joyas las que me han llamado la atención –replicó él.

–No sabía que te interesaba el diseño de joyas.

–Normalmente, no, pero estoy seguro de que a Constantine sí le interesará. Cuando te vi por primera vez, me pareció que llevabas puestas las joyas tradicionales de las novias en Medinos. Menudo golpe de efecto, considerando que tú estuviste comprometida con Constantine.

Atónita, Sienna se tocó las perlas que llevaba alrededor de la garganta. Las joyas que llevaba puestas estaban inspiradas en los dibujos originales de su abuelo Sebastien. El delicado collar consistía en perlas en forma de semilla, enfiladas con la forma de los motivos clásicos de Medinos, y un zafiro en forma de lágrima que colgaba del centro. Los pendientes a juego llevaban unos pequeños zafiros y la pulsera iba tachonada con la misma gema.

–Hablando del rey de Roma… –murmuró Lucas mirando directamente por encima del hombro de Sienna.

Ella sintió un escalofrío por la espalda. Saber que Constantine estaba directamente detrás de ella le producía una sensación tan intensa que casi no podía respirar. Aunque estaba preparada, el encuentro fue explosivo. Constantine iba vestido con un esmoquin negro y parecía más alto, más corpulento y, en aquel primer instante, algo remoto. No obstante, la expresión de frialdad desapareció en el momento en el que ella lo miró a los ojos.

–Tenemos que hablar.

–Para eso estoy aquí.

Un músculo palpitó en la mandíbula de Constantine. Resultaba evidente que, si antes no había estado enfadado, lo estaba en aquellos momentos.

–Afuera. Ahora mismo.

Sienna apretó la mandíbula. Indudablemente, se trataba de una orden.

–No lo creo –replicó ella.

Constantine le agarró del brazo. Sin poder evitarlo, el miedo se apoderó de ella, pero, a pesar de todo, se mantuvo firme. Cuando él comprendió que ella se estaba resistiendo, se inclinó hacia ella. Los labios casi rozaron la suave piel del cuello y le despertaron a Sienna el deseo a su pesar. No obstante, permaneció inmóvil. Ni podía moverse ni quería hacerlo.

–Nos vamos a marchar ahora mismo. Si protestas, te sacaré en brazos sin que nadie pueda detenerme.

–No puedes hacer eso.

–Ponme a prueba.

Sienna buscó a Lucas, pero él, muy convenientemente, había desaparecido.

–Esto es una agresión.

Constantine se echó a reír.

–Voy a llamar a la policía.

–¿Antes o después de nuestra reunión de mañana?

Sienna apretó los dientes ante la descarada utilización de poder que él tenía sobre ella y sobre su familia.

–Eso es chantaje.

Constantine le apretó un poco más la muñeca y la sacó de la sala.

–Cariño, eso son negocios.

Capítulo Ocho

Sienna trató de resistirse mientras entraban en una galería con altas ventanas en forma de arco a lo largo de una de las paredes y obras de arte delicadamente iluminadas en la otra.

–No voy a pasar de aquí. Estamos fuera del salón de baile. Resulta raro que tú quisieras abandonarlo teniendo en cuenta que es tu fiesta. Sin embargo, si me llevas más lejos, empezaré a gritar.

–Tranquilízate. No tengo interés alguno en hacerte daño –dijo él.

Entonces, ignorando las protestas de Sienna, la tomó entre sus brazos. Sienna le empujó de los hombros para tratar de liberarse, pero él recorrió unos pasos y, entonces, la dejó en el suelo, directamente frente a un cuadro al óleo. A continuación, señaló el zafiro que colgaba sobre su pecho.

–¿Parte de la nueva colección?

–¿Y cómo sabes tú eso?

–Sigo estando en tu listado de clientes y, por lo tanto, sigo recibiendo todos los folletos.

–Tendré que hablar con mi asistente.

Constantine seguía mirándola con expresión sombría.

–Cuando entraste en el salón de baile llevando

joyas nupciales tradicionales de Medinos causaste un verdadero revuelo. ¿Fue algo planeado o tan solo una coincidencia?

Sienna miró hacia el cuadro. Se fijó en lo que era, sin duda, un retrato de boda.

–No tenía ni idea de que estas fueran joyas nupciales.

–Tal vez querías que la prensa sacara sus conclusiones. Esto no es un juego, Sienna.

Ella se sonrojó. De lo único de lo que era culpable era de tratar de salvar el negocio de su familia y no pensaba disculparse por eso.

–Ni estoy jugando ni buscando publicidad.

–Demuéstralo –replicó él mientras se cruzaba de brazos.

Sienna sentía que no tenía nada por lo que dar explicaciones. Sintió la tentación de marcharse a su suite, hacer las maletas y marcharse en el primer vuelo. Sin embargo, hasta que no se hubiese resuelto la situación del préstamo, tenía las manos atadas.

–Muy bien. Ven a mi suite y te lo demostraré.

Sienna abrió la puerta de su suite, entró y encendió una luz. Dejó el bolso sobre una mesita de café y se dirigió a la caja fuerte. Tras teclear el código de seguridad, sacó el maletín para poder acceder al ordenador que estaba debajo. Tras dejar de nuevo el maletín en la caja fuerte, colocó el ordenador sobre una mesa. Lo arrancó y accedió a los archivos de los diseños de joyas, que contenían uno fotográfico de los diseños que habían pertenecido a su abuelo. Cuando encontró la página que estaba buscando, se quitó las joyas que llevaba puestas y las colocó junto al ordenador.

–Estas joyas son prototipos. No se venden…

–Hasta que encuentres un comprador.

–… hasta que hayamos recibido muestras de interés.

–Conocido también como pedidos.

Sienna apretó la mandíbula.

–Las versiones de Ambrosi no son idénticas a las joyas que mi abuelo diseñó. Los diseños se han basado simplemente en sus dibujos. No teníamos ni idea de que eran joyas nupciales.

Constantine se quedó completamente inmóvil. Tenía un aspecto fiero y muy masculino.

–Parece que me debes una disculpa.

–En absoluto –replicó ella mientras apagaba el ordenador y se disponía a meterlo en la caja fuerte.

Cuando sacó el maletín de muestras para repetir el proceso anterior a la inversa, Constantine le quitó el maletín de muestras de las manos.

–Permíteme.

Sienna se lo arrebató y lo metió en la caja fuerte. Si Constantine descubría que estaba allí para hacer trato con De Vries, sería desastroso.

Mientras cerraba la caja fuerte, escuchó un tintineo que le llamó la atención. Constantine había tomado el collar de encima de la mesa. La delicada combinación de perlas y de zafiros tenía un aspecto aún más frágil entre sus fuertes manos. Cuando tomó suavemente las perlas con los dedos, Sienna se echó a temblar, como si aquel dedo le hubiera acariciado la piel a ella.

–Si no fue para mí, ¿para quién te pusiste estas perlas? –le preguntó él mirándola a los ojos.

–No sé qué es lo que quieres decir –respondió Sienna.

Desesperada por encontrar alguna distracción, se dirigió a la cocina. Allí, abrió un armario para sacar unos vasos. Después de utilizarlos para servir agua fría del frigorífico, le entregó uno a Constantine con cuidado de que los dedos de ambos no se rozaran. Él se tomó el agua de dos largos tragos.

Sienna se terminó también el agua y se dispuso a recoger las joyas de encima de la mesa. Cuando antes las recogiera, mejor se sentiría.

Se dirigió con ellas al dormitorio para envolverlas en un paño de seda. Entonces, las guardó en un cajón. Las pondría en el maletín de muestras de la caja fuerte cuando Constantine se hubiera marchado.

Regresó al salón y vio que Constantine caminaba de arriba abajo, sin detenerse. Si Sienna no hubiera sabido que era imposible, habría pensado que estaba nervioso.

–¿Has comido algo? –le preguntó él, de repente.

–Desde el vuelo no.

–Entonces, pediré que nos traigan la cena –dijo. Tomó el teléfono de la suite y se dispuso a llamar.

–No tengo hambre –afirmó ella antes de que él pudiera hablar con la recepción.

–Tienes que comer y yo te he hecho perderte la cena. Si no quieres cenar aquí, podemos ir a algún lugar público.

Sienna lo pensó durante un instante. Constantine había dejado muy claro que la deseaba, pero el hecho de que estuviera considerando volver a acostarse con él la había dejado paralizada. Tan solo hacía unos días, ni siquiera había considerado tener otra relación sexual de nuevo. Sin embargo, se sentía irresistiblemente atraída.

No obstante, el sexo estaba descartado. Estaba allí por trabajo, por el bien de su familia y de Perlas Ambrosi.

–Sí, necesito comer algo, pero aquí no –dijo por fin.

Si salían a cenar, resultaría más fácil hablar de trabajo y era un hecho que tenía que aguantar delante de Constantine al menos hasta el día siguiente por la mañana. Para entonces, ya sabría si De Vries iba a realizarle un encargo o no.

–Me parece bien.

El tono inesperadamente suave de Constantine resultó sorprendente. Durante un momento, a Sienna le pareció ver alivio en su rostro, algo que no tenía sentido.

Se sentía confundida. Se dirigió a su dormitorio para tomar un echarpe de seda con el que cubrirse los hombros desnudos y el escote que fuera más grande que el que se había puesto antes. Cuando regresó al salón, Constantine estaba colgando el teléfono.

–He reservado mesa en un pequeño café que hay en el paseo marítimo.

–Estupendo –dijo ella con su sonrisa más resplandeciente y más profesional. En esa época del año, el café estaría lleno de turistas. Habría tanto ruido que casi no se podían escuchar el uno al otro. Por lo tanto, una conversación de negocios quedaría completamente descartada.

Tomó el bolso y la llave y salió por la puerta delante de Constantine. Una vez más, tuvo la sensación de haber vivido aquella situación, hacía dos años. Parecían una pareja. Parecían amantes.

El pánico volvió a apoderarse de ella cuando consideró que, técnicamente, eran amantes. Lo único que tenía que hacer era ceder a la presión que Constantine estaba ejerciendo y volvería a estar en su cama. Una vez más.

El restaurante era muy pequeño y estaba a rebosar de clientes, pero el alivio de Sienna se esfumó cuando los dos guardaespaldas que los habían acompañado hasta allí desaparecieron de repente y el dueño del café los condujo a un patio privado. Una mesa solitaria los estaba esperando.

Al cabo de pocos segundos estaban solos.

Sienna se preparó para una desagradable discusión que sería el fin de Ambrosi. Se sentó en la silla que Constantine le estaba sujetando. En vez de hablar de negocios, Constantine pareció más dispuesto a relajarse y a disfrutar de la cena. Se puso a charlar tranquilamente con el dueño del restaurante, que fue a servirlos personalmente.

Una hora más tarde, después de cenar un cremoso queso de cabra e higos, seguido de un surtido de mariscos, Sienna declinó el postre.

La tensión volvió a adueñarse de ella cuando llegaron a los jardines del hotel. Una vez más, los guardaespaldas volvieron a desaparecer y ella volvió a quedarse a solas con Constantine. Con cautela, observó el lugar donde se encontraban y se alarmó. Nada de lo que les rodeaba les resultaba familiar.

–¿Dónde estamos?

–Es mi zona privada. Estaba a punto de ofrecerte una última copa.

–Si se trata de una proposición, créeme si te digo que, en estos momentos, el sexo es lo último que…

–¿Y si anulara la deuda?

Las palabras de Constantine sonaron como si le hubiera dado una bofetada. La devolvieron a un momento de dos años atrás, cuando Constantine, en su propio apartamento, la había acusado de acceder a casarse con él para garantizar la salud financiera de Perlas Ambrosi. Había tardado meses en superarlo, pero finalmente había decidido que si él no sabía quién era ella o lo que le resultaba importante, el problema era de él, no suyo.

Resultaba difícil creer que había sido alguna vez lo suficientemente ingenua como para imaginarse que él se había enamorado de ella. Que se habían pasado seis semanas haciendo el amor.

En realidad, no habían hecho el amor. Habían tenido relaciones sexuales. Habían hecho exactamente lo que habían hecho hacía tres noches en su sofá en Sídney.

Constantine no se había movido. Él simplemente la estaba observando con los brazos cruzados. Tenía un aspecto frío y controlado.

¿Por qué preguntarle si quería acostarse con él por dinero en aquellos momentos, y de una manera tan insultante, a menos que por fin se hubiera dado cuenta de que se había equivocado con ella hacía dos años?

–Según había oído, no te resultaba tan difícil conseguir una cita.

–Supongo que eso significa que no.

–Por supuesto. Un no definitivo.

–¿Habría sido diferente la respuesta si, en vez de un acuerdo temporal, te hubiera propuesto matrimonio?

Sienna decidió que aquella pregunta le dolía más que la primera. Examinó el jardín para tratar de averiguar dónde estaba y poder encontrar así la ruta más rápida a su dormitorio.

–No hay motivo alguno para tener esta conversación dado que no ha sido así. Sin embargo, dado que estás tan interesado, te diré que, si me caso alguna vez, la relación y mi esposo tienen que encajar con mis necesidades –dijo. Le pareció ver una puerta y comenzó a dirigirse hacia ella.

–Supongo que eso significa Perlas Ambrosi, ¿verdad?

Sienna sintió un escalofrío cuando se dio cuenta de que Constantine se le había acercado.

–Ya no, dado que tú tienes la intención de relevarme de esa carga en particular.

Se detuvo y miró la puerta para tratar de descubrir el modo de abrirla.

–Interesante –musitó él–. Me refiero a lo de que utilices la palabra carga. Jamás me habría imaginado que ansiabas la libertad.

–Libertad. Menudo concepto –dijo ella. Empezó a empujar la puerta, pero no consiguió abrirla. La frustración se apoderó de ella–. Por favor, dime cómo se abre.

Constantine estiró la mano y soltó un pequeño pestillo del que ella no se había percatado. Al hacerlo, el brazo de él rozó el de Sienna, lo que le provocó una oleada de sensaciones que acrecentó su frustración. Estaba segura de que Constantine estaba disfrutando con todo lo que estaba ocurriendo, lo que la enojó aún más.

Dos pasos más y aquella conversación habría terminado.

–Volvamos a lo del hipotético matrimonio –dijo mientras pasaba a su lado. Deliberadamente, le acarició una solapa de la chaqueta. El gesto era íntimo, provocador, una forma de venganza muy peligrosa–. Si estás considerando proponerme matrimonio, como te dije en Sídney, si el futuro marido tiene una cuenta bancaria saneada y le gustan los asuntos financieros, por lo que a mí respecta esa situación sería un regalo del cielo.

Constantine controló la fiera reacción que le produjo cuando Sienna comenzó a andar por el camino que llevaba de vuelta a la zona principal del hotel. Ella subió unos escalones y el vestido de seda color champán se movía de un modo muy sensual. Durante un segundo, las luces del jardín lo hicieron completamente transparente, destacando la silueta de sus largas y hermosas piernas.

Cuando Sienna desapareció, cerró la puerta del patio y le echó la llave. Le había costado mucho dejarla escapar, cuando lo que realmente quería era poseerla. Sin embargo, ya tendría tiempo suficiente para eso. Sabía que si la tocaba en aquellos momentos, no se contentaría con representar el papel de amante contenido.

Se había negado a acostarse con él para salvar su empresa. Con lo que no había contado era con su propia reacción. La deseaba tanto si ella era inocente o culpable.

Había estudiado todo el papeleo y todos los informes financieros de Perlas Ambrosi. No había nada que relacionara a Sienna con el dinero que Roberto le había quitado a su padre.

Dos años atrás, había cometido un error. Estaba decidido a que no volviera a ocurrir lo mismo.

Deseaba a Sienna, pero, por lo que se refería a él, solo había dos opciones. O la estrictamente profesional o la del dormitorio.

Capítulo Nueve

El amanecer comenzó a teñir el horizonte de rayos dorados, morados y rosáceos mientras que Sienna se dirigía a las piscinas del hotel.

Se quitó las sandalias. Se metió en el agua y nadó enérgicamente durante unos minutos. Luego se puso de espaldas para recuperar el aliento. La tranquilidad era absoluta, lo que le ayudó a relajarse después de una noche de insomnio.

Constantine le había ofrecido anular la deuda de Perlas Ambrosi si se acostaba con él.

Respiró profundamente, se sumergió y comenzó a nadar a braza toda la longitud de la piscina por debajo del agua. Cuando salió a la superficie en el lado opuesto, parecía tener los pulmones a punto de estallar.

En realidad, no le había dicho nada que no le hubiera dicho ya hacía dos años, pero que él siguiera viéndola de ese modo después de todo el tiempo que había transcurrido resultaba muy frustrante. Si ella hubiera querido casarse por dinero, podría haber encontrado hacía mucho un marido rico. No lo había hecho. En realidad, en los dos años que habían transcurrido desde que los dos terminaron su relación, casi no había salido con nadie.

Al contrario que Constantine.

Por razones propias, Constantine quería que perdiera el equilibrio. Dado que él formaba parte de Perlas Ambrosi, la razón no podía ser empresarial porque, en sus manos, ya tenía todas las cartas que le daban dinero y poder. A menos que ella pudiera conseguir un acuerdo con De Vries, Perlas Ambrosi estaba en sus manos. Fuera lo que fuera lo que Constantine quisiera que ocurriera, terminaría ocurriendo. Lo único que ella podía hacer era suplicar por su familia y los empleados.

Si no hubiera sido Constantine, ella habría dado por sentado que buscaba la venganza, aunque eso podría haberlo conseguido hacía dos años. Lo único que tenía que haber hecho era dejar al descubierto los chanchullos de su padre y la prensa habría hecho pedazos la reputación de Sienna. Constantine había preferido no hacerlo y le había arrojado así esa humillación final.

Frunció el ceño. No hacía más que pensar en la proposición de Constantine.

El hecho de que él le hubiera hecho una oferta, aunque fuera en términos empresariales, significaba que él estaría dispuesto a pagar y eso lo convertía en un ser despreciable.

Sintiéndose más tranquila, hizo otro largo y salió del agua apartándose el cabello húmedo del rostro. Entonces, vio a Alex Panopoulos sentado en la hamaca que había junto a la suya.

Cuando ella se acercó, se levantó y le ofreció la toalla.

–¿Sueles nadar sola?

Sienna sonrió fríamente.

–Nado para hacer ejercicio, no para tener compañía.

Como era de esperar, Alex no soltó la toalla, por lo que Sienna tuvo que tirar de ella varias veces para tratar de soltarla. Se sentía molesta con aquel juego y bastante expuesta con el biquini, cuando él estaba completamente vestido. Forzó otra fría sonrisa.

–Señor Panopoulos, si no me da la toalla, regresaré a mi suite sin ella.

–Llámame Alex, por favor –dijo mientras dejaba escapar la toalla–. Esperaba que accedieras a almorzar conmigo.

–Lo siento, pero ya he quedado –replicó ella. Se secó rápidamente y se puso el pareo alrededor del cuerpo.

En aquel momento, apareció Constantine. Iba vestido con unos pantalones de deporte y una camiseta, como si hubiera salido a correr. Se dirigía hacia ella desde la zona donde estaba la suite de Sienna. Entonces, ella lo comprendió todo. Su guardaespaldas le había informado de que ella tenía compañía en la piscina.

Constantine saludó a Panopoulos con una inclinación de cabeza y luego la miró a ella.

–¿Estás lista?

De repente, la amenaza que pudiera suponerle Panopoulos le pareció ridícula. Panopoulos palideció al ver que Constantine se ponía a recoger las cosas de Sienna.

–¿Qué te ha llevado tanto tiempo?

Constantine le agarró del codo y empezaron a caminar. Sienna consiguió soltarse sin que pareciera que quería huir.

–Gracias por venir a rescatarme –le dijo–, pero no era necesario. Yo me las arreglo sola.

–¿Qué quería Panopoulos?

–Eso no es asunto tuyo.

–Si te está molestando, yo me ocuparé de él.

–¿Del mismo modo que te ocupaste de los periodistas?

–No.

Sienna se quedó atónita al experimentar un sentimiento que no quería sentir: la satisfacción primitiva de ver cómo su hombre daba un paso al frente para defenderla.

Su hombre. El corazón le latió con fuerza. Debía de estar loca. Debería sentirse molesta por el comportamiento de Constantine. Debería estar discutiendo con él. Sin embargo, su cuerpo se estaba deshaciendo poco a poco.

Dejó de caminar y le obligó a él a que se detuviera.

–¿Por qué estás haciendo que me vigilen?

–Que te vigilen no, que te cuiden. Dos de los tabloides más importantes han publicado ciertos artículos en los que nos relacionan sentimentalmente. Y Panopoulos ha dejado muy claro qué es lo que quiere.

–De Panopoulos me puedo ocupar yo.

–¿Igual que lo hiciste entonces?

Sienna guardó silencio. Decidió que había llegado la hora de volver a recuperar el control, aunque fuera en parte.

Extendió la mano con la palma hacia arriba.

–Sandalias y llave de la habitación, por favor.

Constantine se las entregó. Ella se puso las sandalias y echó a andar, decidida a poner una cierta distancia entre ellos. Como tenía los pies mojados, las sandalias se le resbalaban constantemente, haciendo que le resultara difícil caminar.

Él no tardó en alcanzarla.

–Ten cuidado.

–Estoy bien.

En un esfuerzo por poner más espacio entre ellos, se echó a un lado y entonces se resbaló. Constantine la agarró por el brazo para sujetarla.

–¿Es que no me vas a escuchar nunca?

Sienna se soltó de él y siguió andando el resto del camino hasta su puerta.

–Cuando digas algo que me interese escuchar, lo haré.

–En ese caso, eso será cuando se hielen las llamas del infierno.

Constantine pronunció las palabras con una exasperación que le resultó a Sienna divertida. Metió la tarjeta en la cerradura para abrir la puerta.

–¿Sabes una cosa, Constantine? Tal vez deberías dejar de preocuparte por lo que yo estoy haciendo y buscarte otros entretenimientos.

–¿Qué te hace pensar que no estoy haciendo exactamente lo que deseo?

Su voz profunda y sensual dejó a Sienna completamente helada. Decidió que había llegado el momento de alejarse de él, de meterse en su habitación y cerrar la puerta. Sin embargo, la mirada de Constantine la mantenía completamente inmóvil. Sabía de qué se trataba. Se había pasado bastante tiempo analizando por qué se había sentido tan atraída por Constantine. Era el macho alfa. Se hacía con el control y, por razones desconocidas, ella respondía. En aquel caso, se había ocupado de Panopoulos con la misma facilidad que lo habría hecho de una mosca, y eso la había dejado impresionada.

–He venido para disculparme. Siento mucho la situación en la que te puse anoche, pero tenía que saberlo. También te debo una disculpa por lo que ocurrió hace dos años.

Sienna parpadeó. No se podía creer lo que acababa de escuchar. De todo lo que se podría haber imaginado, jamás hubiera sido que Constantine se disculpara por su ruptura.

–¿Qué te ha hecho cambiar de opinión?

–He investigado un poco.

–Lo que querrás decir es que has hecho que me investiguen.

–Llámalo como quieras. Todos los tratos financieros que has realizado y tus modos de actuación son legales. Roberto fue el culpable. Nada en tu modo de actuar indicaba que tú hubieras recurrido al fraude. Después de lo que ocurrió hace dos años y el hecho de que tú jamás volvieras a tratar de ponerte en contacto conmigo por dinero o ninguna otra cosa, decidí que no tenía sentido que tú estuvieras implicada en lo que hizo tu padre.

–A ver si lo entiendo. ¿Como no te pedí dinero después de que rompiéramos crees que soy inocente?

–Es normal investigar a los que se asocian con uno en los negocios.

–Dime una cosa, ¿hiciste que me investigaran también hace dos años, antes de que decidieras salir conmigo?

–Tranquilízate.

Sienna estaba tan furiosa que casi no podía marcar el pin con el que se accedía a su suite. Constantine sacó la tarjeta de la ranura y se la metió en el bolsillo.

–¡Esto sí que es bueno! ¡Repetición de las tácticas del hombre de las cavernas!

–¿Qué tácticas del hombre de las cavernas?

–La amenaza junto a la tumba de mi padre, retenerme contra mi voluntad en tu coche –dijo ella mientras iba contando con los dedos–, obligarme a reunirme contigo la noche después del entierro...

–Yo no te retuve en contra de tu voluntad. Estábamos en el aparcamiento de un supermercado. Si no me hubieras estado evitando cuatro días, las reuniones se habrían realizado en un lugar más apropiado para los negocios.

–Yo no tenía razón alguna para querer verte. Si recuerdas la última conversación que tuvimos, no fue exactamente agradable.

–Razón por la cual me estoy disculpando ahora.

–Con dos años de retraso. Y se trata de la peor disculpa que he escuchado nunca.

–A pesar de todo, vas a escuchar el resto. Rastreé los pagos del préstamo. Todos se depositaron en una de las cuentas personales de tu padre, no en la cuenta de Perlas Ambrosi.

–Efectivamente. En una de las cuentas de mi padre, por lo que yo no podía estar segura de que el dinero no fueran ganancias que él hubiera conseguido en el juego. Si sabías eso, ¿por qué me preguntaste si me acostaría contigo por tu dinero cuando ya sabías que no lo haría?

–No estabas implicada en los trapicheos de tu padre, pero eso no significaba que no estuvieras al corriente.

–Por lo tanto, me pusiste a prueba.

En realidad, Sienna se lo había esperado. Comprendía que muchas mujeres se sentirían atraídas por Constantine simplemente porque era tan rico y poderoso. Sin embargo, eso no le excusaba de haber pensado que ella podía ser también una de ellas.

Sienna lo miró a los ojos. Eso fue un error. Los ojos de Constantine eran una de las cosas más poderosas que él tenía.

–Disculpas aceptadas, pero ahora preferiría que nos ciñéramos a los negocios, como, por ejemplo, a qué hora nos podemos reunir hoy.

Sienna sabía que había un almuerzo oficial porque tenía una invitación. También había una especie de reportaje fotográfico más tarde.

–Tengo reuniones durante la mayor parte de la mañana, por lo que te he puesto a ti después de comer.

–Bien, porque tengo billete para un vuelo que sale esta noche.

De esa manera, tal vez podría disponer del tiempo que necesitaba para reunirse con Northcliffe y concretar el contrato con De Vries.

–No creo que tú personalmente quisieras el dinero hace dos años –le dijo él de repente–. Lo que jamás pude aceptar fue el hecho de que le dieras tu lealtad a tu padre y a tu empresa en vez de a mí.

–Temía que rompieras el compromiso si te enterabas, que fue precisamente lo que hiciste, por lo que supongo que la falta de confianza va por las dos partes.

Constantine le enredó los dedos en el cabello mojado.

–Hace dos años no pensaba como era debido –musitó.

–¿Estás diciendo que te equivocaste?

–Estoy diciendo que no debería haberte dejado marchar.

Aquella respuesta se alejaba mucho de la admisión que ella hubiera deseado, pero cuando Constantine le colocó la palma de la mano en la nuca, el anhelo de entonces se mezcló con una potente oleada de deseo que le recorrió todo el cuerpo.

Capítulo Diez

Constantine bajó la cabeza. Sienna tuvo tiempo más que suficiente para evitar el beso, pero comprendió que aquello era exactamente lo que deseaba y permitió que la boca de él se acomodara sobre la suya.

Le colocó las manos sobre el torso. El aroma que emanaba de la piel de Constantine despertaba en ella los recuerdos. Una imagen tras otras, en la que veía el cálido cuerpo de él contra el suyo, el roce de la piel, las manos en las caderas, el intenso placer que se extraía de cada caricia. La deliciosa intimidad de hacer el amor…

Se puso de puntillas y se dejó llevar. Un profundo sonido, que parecía surgirle en lo más profundo de su ser, se le escapó entre los labios. Constantine se acercó más a ella, empujándola hasta que la acorraló contra la puerta. No la agarraba con fuerza, de manera que ella podía escaparse muy fácilmente. Aún le tenía una mano en la nuca y la otra se la había colocado sobre la cintura.

Sienna sabía que no debería estar besando a un hombre al que había estado evitando dos años de su vida por una excelente variedad de razones. Rendirse a él físicamente iba en contra del sentido común y del orgullo. Sin embargo, una parte su ser, más necesitada, no estaba interesada ni en la razón ni en la lógica.

Le rodeó el cuello con los brazos. La inconfundible firmeza de la erección se le apretaba contra el vientre, provocándole un alocado deseo. Dos años y nada había cambiado.

Sienna aún seguía deseándolo y no sabía exactamente por qué. Por ejemplo, ¿por qué no sentía lo mismo por otros hombres? ¿Por qué no se había sentido atraída por ninguno de los atractivos hombres de negocios que poblaban las calles de Sídney?

Podría haber tenido una vida agradable y cómoda con alguien que verdaderamente la amara. Un hogar, hijos…

Constantine le deslizó los labios sobre la garganta. El duro contacto con la incipiente barba le provocó otra oleada de placer. Desesperada, lo obligó a que volviera a besarla.

El problema era que con Constantine reaccionaba de un modo con el que jamás había reaccionado con otro hombre. Resultaba deprimente pensar que podría sentirse atraída por él porque era tan difícil de controlar, porque, después de años de suprimir sus propios deseos para salvar Perlas Ambrosi, necesitara aquella batalla para sentirse viva.

El deseo era el deseo. Era una mujer sana, con un empuje sexual normal.

Constantine tenía demasiada experiencia y resultaba más peligroso de lo que ella podía controlar, olía bien, tenía un físico impecable y cumplía con todas sus exigencias cuando ningún otro había estado ni siquiera cerca.

Él le deslizó la mano por el costado. El calor que emanaba le abrasaba la piel a través del pareo. Cuando le cubrió un seno con la mano y apretó suavemente, la yema del pulgar le encontró rápidamente el pezón. La tensión se apoderó de Sienna y, en cuestión de segundos, perdió la capacidad de pensar. Le costó mucho volver a recuperarla.

Ni hablar.

Se apartó de él y se golpeó la parte posterior de la cabeza al hacerlo.

–No puedo hacer esto… Otra vez no. Necesito mi llave.

Cuando él se la entregó con mucha tranquilidad, Sienna la metió en la cerradura, tecleó el pin y abrió la puerta.

–Ese beso ha sido un error. He venido por trabajo. No puedo permitir que nada me desvíe de mis objetivos.

–No te preocupes. Me ocuparé de Perlas Ambrosi.

–¿Qué quieres decir con eso exactamente? –le preguntó Sienna. La tensión había vuelto a adueñarse de ella.

Constantine bajó la cabeza y volvió a besarla. Y Sienna, como una tonta, se lo permitió.

–Sencillo. Quiero que vuelvas conmigo.

***

Con el corazón latiéndole a toda velocidad, Sienna cerró la puerta con llave. Después de ducharse, se secó el cabello, se maquilló y se vistió. Cuando hubo terminado, se miró al espejo para ver el resultado: pantalones color crema, camisola del mismo color y las joyas Ambrosi. Elegante, tranquila y con clase, exactamente lo contrario de como se sentía.

Después de agarrar el maletín de muestras, se dirigió a la suite de Northcliffe. Unos minutos después de que empezara la reunión, cuando Northcliffe miró discretamente el reloj, Sienna se dio cuenta de que las cosas no iban muy bien.

Poco después, Sienna volvió a dejar el maletín en la caja fuerte de su suite y arrancaba el ordenador. A pesar de que Northcliffe llevaba semanas mostrando mucho interés por las perlas, no había realizado pedido alguno.

Sin ningún contrato de importancia a la vista, Perlas Ambrosi estaba oficialmente en peligro. Sin otras fuentes de ingresos, no había nada que pudiera impedir que Constantine se hiciera con la empresa.

Tras abrir los archivos financieros, llamó al contable de la empresa. Después de una tensa conversación sobre las opciones que tenían, y que se reducían básicamente a cero, le pidió que le pasara con Carla.

–¿Has hablado con Constantine? –le preguntó su hermana sin andarse por las ramas.

–Todavía no, pero me ha dicho que se va a ocupar de la empresa.

–De eso estoy segura.

Las dos sabían que Constantine tenía plenos derechos sobre la empresa, e incluso podía dividirla si así lo deseaba. Lo mejor que podía pasar era que permitiera que la empresa siguiera funcionando.

Lo que más le preocupaba a Sienna en aquellos momentos era la casa de Pier Point, que estaba muy hipotecada, y el pequeño apartamento que su madre tenía en la ciudad, dado que las dos propiedades estaban ligadas a la empresa. Esperaba no tener que venderlas, dado que ya habían vendido la casa de la ciudad para pagar deudas. Después de todo por lo que había pasado su madre, pensar que podría perderlo todo ponía a Sienna completamente enferma.

–¿Te ha dado detalles sobre lo que va a hacer?

–No...

–Estoy empezando a leer entre líneas.

–Estuvimos... discutiendo.

Se produjo un tenso silencio.

–Va detrás de ti otra vez. Vi cómo te miraba en el entierro. Y después fue contigo a la casa. Lo que quiero decir es por qué estaba allí en persona. ¿Por qué no te envió a uno de sus asesores legales?

Sienna dio la llamada por terminada, pero no pudo olvidar las palabras de Carla. Después de cerrarle la puerta a Constantine, se había mantenido ocupada, precisamente para no pensar, porque cada vez que consideraba las palabras que él le había dicho, el corazón se le aceleraba.

Pensar que él deseaba que volviera a su lado antes de aterrizar en Sídney añadía un cierto nivel de premeditación a sus motivos.

Se había disculpado, no de un modo que le hiciera sentirse bien, sino de un modo masculino, sincero, que le decía que estaba diciendo la verdad. Creía que ella no había estado implicada en lo que había hecho su padre, pero no que ella no pudiera ser una oportunista en lo que se refería al dinero.

Quería que ella regresara a su lado, pero Sienna no podía volver a tener una relación con él porque sabía que Constantine seguía sin confiar en ella. Algo iba a tener que cambiar. Él iba a tener que cambiar y Sienna no sabía si eso iba a ser posible.

El teléfono comenzó a sonar mientras Sienna se estaba cambiando para almorzar. Como era el teléfono de la suite, seguramente sería Constantine. Estaba muy nerviosa mientras levantaba el auricular.

Se trataba de Tomas.

–Buenos días –murmuró él–. Constantine está ocupado con reuniones hasta las doce y me ha pedido que le dé los detalles.

–Permítame que vaya a buscar papel y lápiz –dijo ella. Arrojó el vestido de flores que iba a ponerse y buscó en el cajón de la mesilla de noche. Allí encontró un cuaderno y un bolígrafo. Volvió a tomar el teléfono, dispuesta para anotar números y detalles legales.

Se produjo una pequeña pausa.

–Me temo que me ha malinterpretado. Los detalles que tengo que darle son referentes al almuerzo.

–¿Al almuerzo?

–Así es.

Tomas procedió a darle un listado de las cosas que debía hacer y las que no debía hacer. Resultaba esencial una vestimenta modesta, con un escote discreto y un largo preferiblemente por debajo de la rodilla. Maquillaje y joyas discretas.

–Habrá mucha prensa en la presentación de las joyas. El señor Atraeus ha pedido que usted se atenga a sus requerimientos.

Tomas colgó suavemente el teléfono. Sienna se quedó escuchando el tono durante varios segundos antes de volver a colgar el teléfono.

Salió al patio privado y respiró profundamente. Desgraciadamente, desde allí, aparte de Ambrus, también se divisaba el castillo Atraeus.

Aun furiosa, volvió a entrar en la suite. Metió en la maleta el vestido de flores y sacó uno blanco que le llegaba muy por encima la rodilla. Entonces, sacó las joyas de perlas en forma de flores del maletín de muestras.

Después de la desilusión de la reunión con Northcliffe, no tenía deseo alguno de beber champán, sonreír y fingir que todo iba fenomenal. Dado que el destino de la empresa estaba sellado, habría preferido mantenerse al margen de la opinión pública y lejos de la prensa.

Y tenía aún menos ganas de obedecer las órdenes de Constantine.

Comprobó su peinado, que se había recogido elegantemente sobre la nunca. El estilo era sofisticado e intemporal, lo más adecuado para las opulentas perlas que llevaba en las orejas y alrededor de la garganta.

El cabello y las joyas eran perfectas. Sin embargo, el vestido distaba mucho de cumplir los criterios que Tomas le había dicho. El escote dejaba al descubierto una gran cantidad de piel y era demasiado corto.

Tras perfumarse, siguió un impulso y se colocó una delicada orquídea blanca del centro de mesa detrás de la oreja.

La flor transformó su aspecto sofisticado y sexy en una imagen casi nupcial.

Satisfecha con el resultado, se puso unas sandalias blancas que le alargaban aún más las piernas, tomó un bolso blanco y se marchó de la suite.

Constantine comprendería muy bien el mensaje. No le importaba. Cuando antes se diera él cuenta de que Sienna no iba a permitir que él la controlara, mejor.

Capítulo Once

El almuerzo resultó muy elegante. Se desarrolló en una carpa en el césped, mientras un cuarteto de música clásica acompañaba a una conocida diva de la ópera.

Mientras Sienna atravesaba el jardín, vio a Constantine. Él llevaba puesta una camisa blanca y unos pantalones oscuros. La miró. Ella sonrió fríamente hacia un punto que quedaba por encima del hombro de él y fingió que no lo había visto.

Unas modelos, vestidas tan coloridamente como aves del paraíso, paseaban entre los asistentes adornadas con las joyas de oro de Atraeus. Sienna se tensó al reconocer a dos importantes periodistas del corazón bebiendo champán. Uno de los cuales la había difamado sin piedad después de la ruptura con Constantine.

Se detuvo junto a una vitrina que mostraba unas exquisitas joyas de oro y diamantes. Resultaba evidente la razón de que hubiera dos guardias de seguridad armados. Aparte de las joyas, la pieza más importante era un anillo de diamantes rosa pálido que relucía maravillosamente. Se trataba de unos diamantes muy raros y muy caros.

–Sienna…

La directora de una importante revista femenina se acercó a ella con una sonrisa en los labios. Sienna se preparó para charlar con la mujer mientras trataba de controlar la adrenalina que sintió al ver que Constantine se dirigía hacia ella. Tras alabar las joyas que Sienna llevaba puestas y preguntarle sobre la siguiente colección de Perlas Ambrosi, se marchó.

Cuando Sienna volvió a mirar hacia el lugar en el que estaba Constantine, vio que él estaba charlando con una guapa mujer. Reconoció inmediatamente a Maria Stefano, la hija de un importante magnate europeo, que había sido fotografiada junto a Constantine en una fiesta hacía poco tiempo.

Maria rodeó con los brazos el cuello de Constantine para abrazarle. Mientras, él la miraba con cariño y alegría, lo que le provocó a Sienna una repentina tensión en el estómago.

Sentía celos de Maria Stefano. La razón de esos celos era clara: seguía enamorada de Constantine.

Constantine era un hombre soltero, muy atractivo y muy rico. Resultaba evidente que, si quería una mujer, la conseguía. Había salido con muchas mujeres durante los dos últimos años. Constantine jamás había tenido una pareja fija.

Un fotógrafo se acercó a ellos. Maria le rodeó la cintura con un brazo a Constantine y posó. Varias cámaras empezaron a funcionar. Segundos más tarde, Constantine se excusó y terminó con la sesión de fotos.

Cuando llegó al lado de Sienna, le espetó:

–No tienes por qué mostrarte celosa.

–Yo no estoy celosa –replicó ella tratando de ignorar la reacción de su cuerpo ante la mirada de Constantine.

–En ese caso, deja de preocuparte por otras mujeres.

La pasión y el deseo se reflejaban en su mirada. Si Sienna hubiera tenido dudas sobre las intenciones que él tenía hacia ella, desaparecieron inmediatamente. Realmente la quería a su lado. No obstante, estaba segura de que Constantine no tenía en mente una relación a largo plazo o el matrimonio. Lo único que quería era una aventura. El hecho de que esperaba que ella se le metiera en la cama sin dudarlo después del modo en el que él había utilizado la situación económica en la que ella se encontraba para manipularla la ponía tan furiosa que casi no podía ni hablar.

–¿Por qué no vamos a tu despacho ahora mismo para hablar sobre el préstamo que tu padre y el mío cocinaron para ver adónde nos lleva?

–Todavía no –respondió él–, a menos que hayas venido hasta aquí para entregarme un cheque.

–Si tuviera un cheque, te lo habría mandado por correo.

–Eso es lo que me había parecido, en cuyo caso nos ceñiremos al horario establecido y hablaremos después de almorzar.

Una cámara disparó directamente al rostro de ella. Los fotógrafos que tan interesados habían estado en Maria se concentraban en ella ahora.

Un camarero le ofreció una copa de champán, pero ella la rechazó. Se dio la vuelta y siguió examinando el contenido de la vitrina. Constantine la miró atentamente y se fijó brevemente en la orquídea blanca que ella llevaba en el cabello.

–Maldita sea, ¿qué es lo que estás tramando?

–Si no quieres hablar de negocios ahora, no me importa, pero formó parte del negocio de la joyería y he venido aquí a trabajar. Me gustaría examinar más detenidamente el contenido de esta vitrina –dijo.

Justo cuando pensaba que Constantine iba a negarse, él le hizo un gesto a uno de los guardias de seguridad para que abriera la vitrina.

Sintiéndose algo nerviosa porque lo que estaba a punto de hacer era muy arriesgado, examinó la selección de hermosas joyas. Antes de que pudiera cambiar de opinión, eligió el anillo de diamantes rosas. Como anillo de compromiso, haría muy feliz a una mujer.

–¿Cuatro quilates?

–Tal vez cinco –respondió él. Su mirada resultaba fría e impaciente–. Pero los diamantes no son lo tuyo, ¿verdad?

Constantine no le había regalado uno a ella porque su compromiso había terminado antes de que el anillo que se había encargado estuviera listo.

Para Constantine aquella joya tan exquisita era tan solo un objeto bello y caro, sin significado más allá de los márgenes de beneficios que se pudieran obtener. No había ni sentimiento ni emociones.

En aquellos momentos, estaban casi completamente rodeados por los periodistas, lo que molestaba profundamente a los guardias de seguridad. Con mucha tensión, Sienna le dio el anillo a Constantine. Cuando él abrió la mano, ella se lo dejó caer en la palma. Constantine pareció sorprendido en el momento en el que comprendió aquel mensaje tan poco sutil de que, en aquella ocasión, ella no aceptaría más que el matrimonio.

Él apretó la mano. Se sentía molesto con Sienna por haberse puesto un vestido tan provocador, por haberse puesto las mismas perlas que había llevado puestas cuando hicieron el amor en el sofá, pero, en aquel momento, la ira desapareció.

El vestido blanco, las perlas y el anillo eran una declaración. Y él había comprendido el mensaje muy claramente.

Sabía que tenía que haberse imaginado que ella contraatacaría. Comprendió que, si hubiera querido una mujer que no se acomodara a recibir órdenes, no debería haber elegido nunca a Sienna. Sienna era una mujer con gran personalidad y en ese momento, Constantine estaba seguro de una cosa. Sienna le pertenecía.

En vez de volver a colocar el anillo en la vitrina, él le agarró la muñeca izquierda y le colocó la mano en el dedo anular de esa misma mano.

–Yo habría elegido el diamante blanco –murmuró él.

Sienna lo miró sorprendida cuando él le rodeó la cintura con el brazo.

–Parece que hay boda.

Con Sienna bien agarrada a su lado, se abrió paso entre los periodistas. Instantes más tarde, con la ayuda de los guardaespaldas, se quedaron solos.

Ella lo miró asombrada.

–¿Por qué has hecho eso?

–El gesto ha sido evidente en sí mismo. Después de lo que hiciste anoche y lo que acabas de hacer hoy, nadie se va a creer que no era esto lo que buscabas.

–No tenías por qué ponerme el anillo en el dedo.

–Tomé la decisión en ese mismo instante.

Al contrario de los dos últimos años, que habían sido ordenados y precisos. Siete días atrás, su vida había sido previsible y rutinaria, y a él le parecía bien. Ya no estaba seguro de poder vivir de esa manera.

En ese momento, le agarró la mano y la llevó hacia el interior del hotel.

–¿Adónde me llevas? –le preguntó ella.

–Al despacho del director.

–¡Genial! –musitó ella con ironía–. Llevo todo el día deseando ir a verlo.

Constantine llevó a Sienna a su despacho y cerró la puerta.

Sienna se volvió para mirarlo.

–Es como si hubieras hecho un anuncio oficial.

Constantine se apoyó contra la puerta y se cruzó de brazos.

–Tú querías jugar, pues estas son mis reglas. Anoche te presentaste en la inauguración de mi hotel con unas joyas que parecían las que llevan las novias en Medinos. Aquí, eso equivale al anuncio de un compromiso.

–¡Ya te he dicho que no sabía que las joyas que diseñamos basándonos en los dibujos de Sebastien eran joyas nupciales! ¿Cómo te crees que se va a sentir mi familia cuando abra mañana los periódicos y descubra que ahora estamos comprometidos otra vez?

–¿Quieres que lo niegue públicamente?

–No sería la primera vez que lo haces –replicó ella mientras se arrancaba el anillo del dedo y se lo dejaba en la mano–. Y, haciéndolo, cabe la posibilidad de que, de este modo, seas tú el que quede mal.

Efectivamente, siendo la segunda vez y dado que Sienna acababa de enterrar a su padre, parecería que él era un hombre incapaz de tomar decisiones o de controlar a su mujer.

Sienna se dio la vuelta y se dirigió hacia la puerta que llevaba al jardín. Un movimiento al otro lado de las cortinas hizo que se detuviera en seco. Constantine se metió el anillo en el bolsillo y se colocó detrás de un enorme escritorio de caoba que dominaba la habitación.

–Si estás pensando en marcharte por ahí, no te lo aconsejo. Podría ser un guardia de seguridad, pero lo más probable es que se trate de un periodista tratando de conseguir una foto exclusiva.

–La publicidad durará poco tiempo. Al no haber boda, nuestro compromiso morirá de muerte natural. Igual que ocurrió la otra vez.

Durante un rato, los dos quedaron sumidos en un profundo silencio. El tiempo necesario para un cambio de táctica.

–Está bien –dijo él tranquilamente–. Hablemos.

Sienna se alejó de la puerta del patio y tomó uno de los asientos que él le indicaba. Constantine tomó el maletín que había sobre la mesa y sacó una serie de documentos, que deslizó sobre la brillante superficie de la mesa.

Sienna frunció el ceño al leer el contenido de la primera página.

–No lo entiendo. Pensaba que se trataría de una sencilla transferencia de acciones para pagar la deuda.

Volvió a centrar su atención en el contrato. Constantine se colocó de pie junto a las puertas que daban al jardín, casi en el mismo lugar en el que Sienna había estado.

Sienna fue avanzando hasta llegar al final del documento. Constantine supo el preciso instante en el que ella llegaba a la cláusula de matrimonio porque se puso de pie y arrojó el contrato sobre el escritorio.

–¿Se trata de un acuerdo matrimonial?

–Así es.

Constantine pasó a resumirle el acuerdo, a pesar de que sabía que Sienna, con sus conocimientos de derecho, no habría tenido problema alguno para comprender lo que se decía en aquel documento.

Una parte del trato era que ella cedía los terrenos en lo que estaba la vieja fábrica de perlas en

Ambrus y los derechos sobre el agua al Grupo Atraeus. A cambio, su familia retendría un parte de Perlas Ambrosi. Se liquidarían todas las deudas y todas las hipotecas, incluso las que afectaban a la casa familiar de Pier Point y el apartamento que Margaret Ambrosi tenía en la ciudad. Constantine se comprometía a invertir en la empresa y a mantener todos los puestos de trabajo. Con los ingresos que obtuvieran con las acciones, Sienna, su madre y su hermana podrían vivir cómodamente.

Sienna sacudió la cabeza.

–No lo comprendo. Si necesitas una esposa, podrías tener a cualquier mujer. Podrías casarte con alguien que tuviera dinero…

–Quiero casarme contigo.

–Hace dos años, lo tiraste todo por la borda a causa de un préstamo.

–Hace dos años cometí un error.

Constantine recordó la primera vez que hicieron el amor, las rosas y el champán, la dulzura y las risas. Luego, se había pasado dos años sin Sienna. A pesar de lo ajetreada que era su vida, le parecía que había pasado aquellos dos años en una sala de espera.

–No hay nada complicado en lo que yo deseo.

–Tú, yo y el matrimonio –comentó Sienna mientras tomaba el bolso que había dejado sobre la mesa–. No tiene sentido…

Constantine recorrió la distancia que los separaba y la tomó entre sus brazos. Entonces, le quitó el bolso de las manos y lo volvió a colocar sobre el escritorio. Por último, entrelazó los dedos con los de ella.

–Compartimos un legado común. El matrimonio era algo lógico hace dos años.

–Hace dos años tuvimos una relación normal de pareja.

–Y esa es precisamente la razón por la que esto debería funcionar ahora.

Acercó la boca a la de ella, pero controlando su deseo. Pasó un segundo. Dos. Los labios de Sienna se suavizaron bajo los de él. Se puso de puntillas y le rodeó el cuello con los brazos. Encajó su cuerpo con el de él. Constantine la abrazó con fuerza...

Ella lo deseaba. Constantine estaba casi seguro de que ella lo amaba, pero era consciente de que ninguna de las dos cosas garantizaría que ella aceptara su proposición y él no estaba dispuesto a alcanzar acuerdos.

El contrato era frío, directo, pero si iban a sacar aquello adelante, necesitaban términos muy precisos.

La orquídea se le había caído del cabello y yacía pisoteada en el suelo.

Ella se retiró. Tenía un aspecto tranquilo y sosegado.

–¿Cuánto tiempo tengo para pensar esto?

–Necesito una respuesta ahora mismo.

Capítulo Doce

Sienna volvió a tomar asiento en la misma silla de la que se había levantado antes.

–¿Qué ocurre si digo que no?

La mirada de Constantine era inescrutable.

–Puedo hacer que redacten otro documento más sencillo si no firmas este.

El documento alternativo sería precisamente el que ella había esperado, el documento con el que perderían todo. Negocio, casa, apartamento... Sin duda, muchos de los trabajadores de Ambrosi recibirían la carta de despido y, seguramente, supondría el final de Perlas Ambrosi.

Constantine había dejado muy clara su postura. Había química suficiente para que las cosas fueran más fáciles, pero aquello no era una proposición de matrimonio. Se trataba de un contrato. De un matrimonio de conveniencia.

Durante un momento, después de la suavidad de aquel beso, ella había esperado que él dijera algo alocado y maravilloso como:

–Te amo.

A pesar del pragmatismo, renació la esperanza. Podría ser que Constantine no la amara, pero en aquella ocasión, a pesar de la enormidad de lo que su padre le había hecho a la familia Atraeus, había luchado por ella.

En vez de abandonarla en manos de sus asesores legales, había dado un paso adelante para protegerla a ella y a su familia de la bancarrota y de la prensa. También se había tomado muchas molestias en proteger y cuidar a su madre y asegurarse de que ella retenía unos ingresos y su dignidad. Eso contaba mucho.

Levantó la barbilla. Respiró profundamente.

–De acuerdo.

Constantine no trató de besarla. Sencillamente, le entregó un bolígrafo.

Cuando los dos hubieron terminado de firmar los documentos, él llamó a un testigo, uno de los recepcionistas del hotel. Todo terminó en cuestión de minutos.

El teléfono de Constantine volvió a sonar mientras él volvía a guardar los documentos en su maletín. Contestó y consultó el reloj.

–Tengo que estar con los albañiles en Ambrus dentro de una hora.

Sienna recogió su bolso. Se sentía algo mareada por el paso que acababa de dar. Necesitaba estar sola para asimilar un futuro que le había parecido completamente improbable.

–Esperaré aquí.

–No –replicó él–. Vas a venir conmigo. Ahora que estamos comprometidos oficialmente, voy a asegurarme de que no tienes otra oportunidad con la prensa.

***

Cuando el helicóptero tomó tierra sobre una enorme superficie de hormigón Constantine la ayudó a bajar del aparato.

Sienna, que solo había tenido tiempo para ponerse una ropa más informal y unas zapatillas deportivas, agarró su maletín.

Constantine estaría ocupado con el constructor que se ocupaba de las obras del complejo hotelero durante un par de horas. Había una pequeña oficina que ella había visto desde el aire, donde planeaba ponerse al día con el papeleo y hacer algunos números. Si le sobraba tiempo, siempre podría marcharse a dar un paseo por la exquisita bahía.

Resultaba evidente que, aquella parte de Ambrus, jamás se había utilizado para nada que no fuera el pastoreo de cabras. Sin embargo, resultaba muy hermosa.

Desde que había accedido a casarse con él, se sentía algo temblorosa y fuera de lugar, aunque Constantine no le había dado tiempo para pensar. Desde que se marcharon del hotel, la había tenido de acá para allá y Sienna casi no había tenido tiempo de estar sola. Solo lo había estado mientras se cambiaba de ropa e incluso aquel rato había estado bajo presión.

Cuando estuvieron lo suficientemente alejados del helicóptero, Sienna notó que aceleraba de nuevo los motores y despegaba de nuevo.

–¿Cómo vamos a salir de aquí?

Según sus cálculos, en esa zona de Ambrus estaban al menos a sesenta kilómetros de Medinos. A vista de pájaro no era una gran distancia, pero tenían la barrera del mar y del gran aislamiento de la zona.

–No te preocupes por el transporte –respondió Constantine, que se había puesto unos vaqueros y unas botas–. Ya me he ocupado yo de ello.

–Estaría loca si confiara en ti.

–Pues hasta ahora has confiado en mí –dijo él extendiendo la mano.

Sienna entrelazó los dedos con los de él. A pesar de lo bien que se sentía estando de nuevo con Constantine, no podía olvidar que, tan solo horas antes, ni siquiera había estado segura de lo que él se traía entre manos. De hecho, por muy intensa que fuera la atracción entre ellos, ni siquiera había garantías de que pudiera funcionar una relación entre ellos.

Cuando llegaron a la oficina, vieron que se trataba de un lugar moderno, bien equipado y con un buen sistema de aire acondicionado.

Mientras Constantine hablaba con el constructor, Sienna se sentó a un escritorio vacío. Aún no había llamado a su madre o a Carla porque Constantine le había pedido que esperara hasta que pudieran informar a las dos familias.

Dejó el maletín sobre la mesa y se dirigió al cuarto de baño para asearse. Cuando regresó a la mesa, vio que Constantine estaba hablando por teléfono.

Cuando se sentó, se dio cuenta de que Constantine la estaba mirando muy fijamente. Ella sintió que el corazón comenzaba a latirle muy rápidamente. Comprendió en ese momento que él no solo quería sexo y una esposa. La quería a ella.

El sonido de las hélices del helicóptero la sacó de sus pensamientos. Constantine miró el reloj.

–Ese debe de ser el ingeniero.

El alivio se apoderó de ella. Ya tenían medio de transporte.

Poco más de dos horas después, cuando terminó la reunión, Constantine regresó a la oficina. Sienna estaba trabajando en la contabilidad de su empresa. Sabía que ya no iba a ser responsable de las decisiones más importantes, pero, después de años de estrés, había sido un modo muy placentero de pasar el tiempo.

El calor la golpeó con fuerza cuando salió al exterior. En la distancia, el helicóptero despegó para llevarse al grupo de ejecutivos de la empresa constructora de vuelta a Medinos. Sienna miró para ver si había un segundo helicóptero, pero comprobó que no había nada.

Constantine se detuvo junto a un todoterreno y abrió la puerta del copiloto.

–Pensaba que íbamos a regresar a Medinos.

–Claro que sí, pero todavía no. Mientras estemos aquí, quiero enseñarte la vieja fábrica de perlas.

–Si no vuelvo pronto, voy a perder mi vuelo...

–Mi avión privado está en la pista de Medinos. Puedes marcharte en él cuando regresemos.

Le colocó las manos en la cintura. De repente, a Sienna le pareció que no podía respirar.

–No iba a hacer esto todavía…

Se inclinó sobre ella y la besó de un modo cálido y apasionado. Ella se quedó inmóvil durante unos segundos, pero él siguió besándole la mandíbula. Sienna sintió que él le estaba mordisqueando el lóbulo de la oreja. Luego, Constantine volvió a besarla y ella le rodeó el cuello con los brazos para devolverle el beso.

Constantine levantó la cabeza y apoyó la frente sobre la de ella.

–¿Vas a venir conmigo?

Sienna dejó escapar un suspiro. En aquella ocasión estaba pidiendo, no exigiendo. Sin embargo, Sienna era consciente de que, si accedía, estaba aceptando mucho más que una excursión.

–Está bien.

Se montó en el todoterreno y dejó el maletín sobre el suelo del vehículo. Entonces, se puso el cinturón.

Constantine arrancó el vehículo y se alejaron de la oficina. Varios minutos más tarde, ya no se veía la obra. Avanzaban a campo través, dejando un rastro polvoriento a sus espaldas. El tiempo fue pasando. En algún momento, por el calor y el monótono sonido del motor, Sienna debió de quedarse dormida. Cuando se incorporó, se atusó el cabello y miró el reloj. Habían pasado más de treinta minutos.

Frunció el ceño y miró a su alrededor. Avanzaban junto a un río. La carretera por la que avanzaban en aquellos momentos parecía estar haciéndose cada vez más estrecha.

–¿Cuánto nos falta para llegar a la fábrica de perlas?

–Ocho kilómetros.

Minutos más tarde, después de conducir a través de una profunda garganta, Constantine tomó la radio y comprobó su funcionamiento. Entonces, volvió a dejarla en su sitio.

–Ya está. Estamos fuera del alcance de la radio durante los próximos minutos. Ahora podemos hablar –dijo él con voz seca.

Le explicó brevemente los planes que tenía para Perlas Ambrosi. No despediría a ningún empleado, aunque eso era algo que se revisaría si era necesario.

–Perlas Ambrosi, por lo tanto, va a seguir funcionando, pero tú tienes que dejarlo –le anunció tras una pequeña pausa–. Lucas se va a hacer con un paquete de acciones y él ocupará el puesto de director gerente.

–A ver si lo entiendo –susurró ella, aturdida–. ¿Me quieres fuera de la empresa?

–Así es y no se trata de una petición.

Sienna miró fijamente el horizonte. Se había preparado para que colocaran en un puesto de menor importancia, pero no para que la despidieran. De repente, lo comprendió todo. Constantine vivía en Medinos. Por lo tanto, sería difícil que ella pudiera seguir en Sídney.

–Firmamos un contrato. Tú accediste a ser mi esposa.

–Sí, pero no accedí a renunciar a mi trabajo.

–Quiero que tu lealtad esté dirigida hacia mí, no hacia Perlas Ambrosi. Nosotros viviremos en Medinos. Ser directora de una empresa en Australia no es una opción viable.

–Pues tú diriges un montón de hoteles y de empresas desde Medinos.

–Cada una tiene un director. En este caso, se tratará de Lucas.

Sienna sabía que él tenía razón, pero eso no significaba que le fuera a resultar más fácil renunciar a Perlas Ambrosi. Desde que era una niña había sabido que tendría que ocuparse del negocio familiar.

–Se me da bien mi trabajo. He estudiado y me he preparado….

–Sé lo mucho que te has esforzado para sacar adelante esa empresa. Nadie mejor que yo.

–Hay muchas mujeres que compatibilizan una carrera profesional con su matrimonio.

–Eso no ocurrirá en el nuestro.

–¿Por qué no?

–Porque me niego a ocupar el segundo lugar detrás de un maletín repleto de órdenes de venta.

–Veo que sigues sin confiar en mí –comentó ella furiosa.

Hacía menos de una hora, ella le había permitido besarla. Sin embargo, Constantine la había manipulado para que accediera a mucho más, incluso sin que ella lo supiera.

–Trabajar en Ambrosi no solo ha sido un negocio para mí. Es parte de mi familia. Lo llevo en la sangre –replicó ella. Miró directamente hacia el horizonte. Entonces, vio un lugar en el que Constantine podía dar la vuelta cómodamente–. He cambiado de opinión. Quiero regresar.

–No. Has accedido a venir.

–Eso fue antes de que me despidieras.

–Vamos a pasar la noche en una casa de la playa que hay ahí arriba. Te llevaré de vuelta por la mañana.

Ella lo miró con desaprobación.

–Yo no he accedido a eso. No quiero pasar la noche contigo. Llévame de nuevo a la obra. Debe de haber alguna clase de transporte para los trabajadores. Si llego demasiado tarde para tomar el barco o el helicóptero que usen, utilizaré el teléfono que hay en la oficina para organizar mi propio transporte.

–No. La casa a la que vamos es cómoda y está limpia y bien pertrechada.

Sienna sintió que la sangre le latía con fuerza en las venas. Cada vez se iba poniendo de peor humor.

–A ver si lo adivino. No hay teléfono, ni cobertura de móvil ni conexión a Internet… Solo tú y yo.

–Ni prensa durante aproximadamente doce horas.

Más tranquila de lo que se hubiera podido esperar, Sienna tomó el maletín y sacó su teléfono móvil. No tenía cobertura. Todas sus esperanzas murieron.

La fábrica de perlas estaba situada en el lado

más occidental de la isla, en una bahía resguardada por colinas. Y que, a su vez, la aislaban completamente.

–Da la vuelta ahora mismo –le ordenó.

Al ver que él ni siquiera se dignaba a contestar, ella estudió su perfil y valoró qué posibilidades tenía de sacar la llave del contacto.

–No quiero pasarme la noche en una casa de la playa. No quiero seguir en este coche contigo. Preferiría arrastrarme por la isla y morir de sed o ir nadando a Medinos. Si crees que me voy a acostar contigo, estás muy equivocado.

La mirada que él le dedicó resultó muy desconcertante, como si estuviera valorando qué partes de su amenaza iba a llevar a cabo de verdad.

–Ya casi hemos llegado –le dijo mirando de nuevo hacia la carretera.

El paisaje había cambiado. Se había hecho más llano a medida que se acercaban a la costa. Lo que no había cambiado en absoluto era la frustración que ella sentía. Aparte de una pataleta, no le quedaban muchas opciones.

Eso hizo que Sienna perdiera la paciencia y el control sobre sí misma. Lanzó la mano y agarró el volante. Constantine quedó distraído momentáneamente mientras ella se lanzaba a por la llave. En realidad, no aspiraba a hacerse con el control del coche. Tan solo deseaba asustar a Constantine, hacer que detuviera el vehículo y conseguir que él la escuchara.

Constantine le apartó la mano como ella había

esperado, pero cuando Sienna trató de abalanzarse a por la llave, el cinturón de seguridad se le bloqueó y le impidió moverse con rapidez. Cuando lo intentó por segunda vez, tan solo pudo rozar la llave con los dedos.

Sienna vio el enorme agujero que había en la carretera una décima de segundo antes de que la rueda delantera cayera dentro. Si Constantine hubiera estado concentrando toda su atención en la conducción, habría esquivado el agujero sin ningún problema.

Él hizo girar el volante y apretó el acelerador, pero el suelo se desmoronaba bajo la rueda izquierda, por lo que no había manera de que pudiera sacarla de allí. De hecho, el todoterreno se hundió un poco más hacia ese lado.

Se produjo un profundo silencio. Durante un interminable momento, los dos quedaron suspendidos sobre dos ruedas. Entonces, con un lento movimiento, el vehículo se venció hacia un lado.

Capítulo Trece

La distancia que había desde la carretera al río no era demasiado grande, pero cuando el vehículo comenzó a dar vueltas de campana, la distancia se hizo interminable.

El cinturón de seguridad mantenía a Sienna apretada contra el asiento. Las gafas se le cayeron y una sombra oscura le pasó delante del rostro. Era su maletín. El vehículo se detuvo por fin. Habían dejado de dar vueltas, pero habían terminado boca abajo, colgando de los asientos gracias a los cinturones de seguridad. Y estaban en el río.

Durante un momento, comenzaron a flotar, pero, poco a poco, la luz comenzó a desaparecer y quedaron prácticamente sumergidos en las oscuras aguas marrones, seguramente por el barro que el vehículo había levantado al caer al agua.

–¿Te encuentras bien?

Sienna giró la cabeza y miró a Constantine. Él tenía un corte en la mejilla, pero, afortunadamente, parecía estar bien. Ella también parecía encontrarse bien, aunque sentía una especie de goteo en el cráneo, por lo que suponía que tenía también un corte.

–Dime dónde está la salida.

–Buena chica.

El todoterreno no se movía, lo que significaba que el tejado estaba apoyado contra el fondo del río. Eso indicaba que había poca profundidad, probablemente ni siquiera la suficiente para cubrir el coche por completo. Sin embargo, dado que el agua estaba entrando por varios puntos, la prioridad era salir de allí.

Escuchó un ruido metálico y vio que Constantine se había quitado el cinturón de seguridad. Utilizando el volante como apoyo, se había sentado en el techo del coche, que se había convertido en el suelo, con la espalda y los hombros contra el salpicadero. Entonces, se inclinó hacia ella para ver si podía abrir su puerta.

–El techo del coche se ha debido abollar un poco al caer. No mucho, pero sí lo suficiente como para que las puertas no se abran. Por lo tanto, vamos a tener que salir por las ventanas.

Desabrochó el cinturón de Sienna y la atrapó cuando cayó sobre el techo. Con mucha dificultad, consiguió darse la vuelta ayudada por Constantine.

–Vamos a tener que nadar para salir de aquí, pero eso no debería ser un problema dado que los dos sabemos lo bien que te mueves en el agua.

Constantine estiró la mano y buscó la manivela que abría la ventanilla que, por suerte, era manual y no eléctrica. Ella trató de moverse un poco para darle más espacio de maniobra, pero, al hacerlo, golpeó con el pie algo duro. Se trataba de su maletín.

Recordó cómo el maletín había salido volando por el interior del coche. Seguramente, era la causa más probable de la herida que parecía tener en la cabeza. Sin embargo, la herida no era lo que más le obsesionaba en aquellos momentos. El accidente, por muy estresante que hubiera sido, le había producido un extraño efecto. La furia había desaparecido y la tensión que normalmente vibraba entre ellos se había esfumado. Por primera vez en dos años, atrapada en un todoterreno con Constantine mientras él se hacía cargo de la situación, se sentía tranquila y casi feliz.

Era un momento muy extraño para darse cuenta de que, a pesar de las constantes peleas entre ellos, confiaba en Constantine.

–Vas a salir tú primera –le dijo él con voz tranquila–. Yo te seguiré.

–Está bien.

Como el barro había vuelto a posarse sobre el fondo del río, se veía que estaban a poco más de medio metro de la superficie. Lo peor serían los segundos de espera mientras el coche se llenaba de agua. La clave era permanecer tranquilo y contener el aliento mientras se llenaba para poder salir.

–Voy a bajar la ventanilla. Cuando el coche esté lleno de agua, tendrás que salir por la ventana. ¿Preparada?

–Sí –dijo ella mientras comenzaba a tocar por el techo del coche para tomar el maletín.

–Deja eso.

–Ni hablar. Lo puedo utilizar como flotador.

–Sabes nadar como un pez. No necesitas un flotador.

–No veo por qué tengo que perder algo que quiero tener solo porque a ti no te parezca buena idea –replicó ella. Tenía la esperanza de que el maletín fuera hermético para que se hubiera salvado su ordenador.

–Me pregunto de quién fue la idea de hacerme perder el control del coche –dijo él con voz seca.

–Estoy dispuesta a aceptar la responsabilidad por lo del accidente –replicó ella–, pero no voy a aceptar la culpa del hecho de que tú no hayas reparado tu carretera.

–¿Por qué se me ocurrió pensar alguna vez que esto sería viable?

Constantine la tomó entre sus brazos y le dio un beso en los labios. La adrenalina y el deseo se apoderaron de ella. Constantine la miró y ella sintió que los latidos del corazón se le aceleraban. Le dolía la cabeza y estaba enfadada con él por haberla prácticamente secuestrado, pero todo aquello pasaba a un segundo plano ante un hecho: hiciera lo que hiciera, por muy mal que se comportara, ella lo deseaba y no solo de un modo sexual.

–¿Y ahora qué? –gruñó él. El tono de su voz no la engañó. Él también la deseaba. Ningún arrebato de ira podría ocultarlo.

–Nada –replicó ella–. Como puedes ver, estoy más que preparada. Llevo mucho tiempo preparada.

Un segundo más tarde, el agua comenzó a entrar en el coche. Constantine la sujetó con fuerza para que él agua no la empujara. Sienna cerró los ojos y respiró profundamente. Entonces, contuvo la respiración y esperó a no sentir el empuje del agua. Abrió los ojos y vio que, efectivamente, el coche estaba lleno de agua. Los rayos del sol entraban tenuemente por las ventanas.

Agarró con fuerza el maletín y se empujó para salir por la ventana. No tardó en llegar a la superficie. Allí, bajo el sol y el cielo azul, respiró profundamente y vio que el coche estaba completamente sumergido.

La corriente era bastante fuerte y la alejaba del lugar del accidente. Constantine aún no había salido a la superficie.

Con la ayuda del maletín como flotador, se dirigió hacia la orilla. Podía regresar más rápidamente al lugar del accidente por la orilla que nadando contra corriente. Segundos más tarde, notó la tierra bajo sus pies y salió casi inmediatamente a la orilla. Desde allí, volvió a examinar las verdosas aguas. Era posible que Constantine hubiera salido mientras ella no estaba mirando.

Dejó el maletín sobre el suelo y echó a correr hacia el lugar del accidente, que podía localizar por el rastro que el coche había dejado sobre la orilla al caer. Al mismo tiempo, Constantine emergió de las aguas con una bolsa en la mano. Sienna utilizó el asa de la bolsa para ayudarle a llegar a la orilla. Cuando los dos cayeron sobre la orilla, ella le quitó la bolsa de las manos y la dejó en el suelo mientras lo examinaba para ver si estaba herido. Se sintió muy aliviada al no encontrar sangre.

–¿Por qué has tardado tanto en salir?

–Primeros auxilios. Comida y agua dulce. Y una radio portátil si se ha mantenido seca.

La ira se apoderó de ella. A pesar de que sabía que él había hecho bien en sacar aquella bolsa, Constantine había corrido un grave peligro.

–Esa bolsa no estaba en la cabina –dijo ella. Lo que significaba que debía de haber estado en el maletero del todoterreno, cubierta por la lona–. Pensaba que te habías quedado atrapado.

Constantine le agarró los brazos y se los frotó para calentárselos.

–Tranquilízate, cariño. Tenía un cuchillo y corté la lona. No me podía haber quedado atrapado de ninguna manera.

–No te atrevas a volver a hacer algo así.

Tal vez su reacción estaba siendo exagerada, pero pensar que le podría haber ocurrido algo a Constantine la dejó paralizada.

Entonces, comprendió sin lugar a dudas que estaba enamorada de Constantine. Tenía que afrontar el hecho de que si seguía enamorada de él a pesar de lo ocurrido hacía dos años, lo seguiría cstando pasara lo quc pasara.

De repente, un sentimiento que le paralizó el corazón se reflejó en los ojos de Constantine. Él murmuró algo en medinio y la estrechó entre sus brazos. Sienna se abrazó también a él y levanto el rostro cuando comprendió que él iba a besarla.

El calor irradiaba de él, envolviéndola. Durante los siguientes segundos, Sienna se dejó llevar, aún atrapada por la expresión que había visto en los ojos de Constantine. La verdad que él le había ocultado durante dos años. Que la necesitaba tanto como ella lo necesitaba a él.

Constantine rompió el beso para que ambos pudieran respirar. Sin embargo, no era oxígeno lo que ella necesitaba. Le enredó los dedos en el negro cabello y lo obligó a volver a besarla. La pasión se encendió entre ellos de un modo inmediato.

Sienna encontró los botones de la camisa y se los arrancó para abrírsela. Segundos más tarde, sintió como él la despojaba de su camisa. Con un fuerte tirón, le quitó el sujetador y la estrechó entre sus brazos. El contacto de piel contra piel fue abrasador. El alivio de verse abrazada por el hombre al que amaba se apoderó de ella y la hizo ponerse de puntillas para profundizar el beso.

Constantine comenzó a quitarle las horquillas con las que se había recogido el cabello para que este le cayera sobre los hombros. Ella no tardó en encontrarle los botones de los vaqueros y desabrochárselos. Los dos cayeron al suelo. Durante largos minutos, los dos se ocuparon de botones y cremalleras al tiempo que iban construyendo una improvisada cama con la ropa que se habían ido quitando.

Después, volvieron a besarse apasionadamente, rodando por el suelo hasta que Constantine terminó encima de ella. De repente, desaparecieron las risas y las ganas de jugar. A pesar de haber estado en el agua más tiempo que ella, la piel de Constantine irradiaba calor. El improvisado lecho resultaba incómodo, pero Sienna se olvidó de todo y comenzó a acariciar los músculos de la espalda de Constantine. Él la miraba a los ojos con una infinita ternura.

Sus cuerpos se unieron, encajando perfectamente. Durante un largo instante, simplemente se quedaron así, disfrutando de lo que no habían tenido tiempo en Sídney, la lenta intimidad, los susurros y las miradas cómplices.

El cálido y húmedo placer los recorrió a ambos cuando comenzaron a moverse juntos con los alientos unidos y los cuerpos entrelazados. El pasado y el presente se disolvieron cuando la ardiente intensidad llegó a su grado más alto y la gloriosa tarde pareció estallar a su alrededor.

Muchos minutos más tarde, Constantine se tumbó de espaldas y la abrazó para que ella se le tumbara sobre el torso. Sienna se acurrucó contra él, acariciándole suavemente.

De repente, ella se enfrentó a un pequeño detalle que, atrapados por el volcán de sus emociones y por la urgencia del momento, se les había pasado por alto a los dos. En aquella ocasión, no habían utilizado preservativo.

Lo más extraño de todo era que el hecho de que Constantine pudiera haberla dejado embarazada no la aterrorizaba.

Constantine abrió los ojos y la miró. Ella se inclinó sobre él y le dio un beso. Su cabello mojado cayó como una cortina, ocultándolos a ambos. Constantine le acarició la espalda y le agarró la cintura. Entonces, Sienna sintió que se perdía una vez más.

La suave brisa espabiló a Constantine. No se había dormido ni Sienna tampoco. Los dos habían disfrutado estando uno en brazos del otro.

–Vamos a tener que movernos –dijo.

Sienna lamentó tener que separarse de él. Mientras los dos recogían sus cosas, guardaron silencio. Cuando regresaron al río, Constantine comprendió que ella estaba pensando lo mismo que él. Habían hecho el amor dos veces sin preservativo.

No era algo que hubiera planeado, pero había ocurrido y tenía que afrontar el hecho y actuar.

Un niño. Se quedó inmóvil al imaginarse a Sienna embarazada. Sienna dándole el pecho a su hijo.

Una extraña emoción se apoderó de él. Hasta ese momento, no se había dado cuenta de lo poderoso que podía ser hacer el amor ni lo importante que era para él que Sienna fuera la madre de sus hijos.

Siguió a Sienna al agua y se enjuagó el cabello. Cuando regresó a la orilla, vio que ella ya se había puesto la camisa que se le había secado en parte. Él escurrió la suya y se puso la ropa interior y los vaqueros. Entonces, colocó la ropa interior sobre las piedras para que se secara un poco más, junto con los calcetines y las botas. Tenía los vaqueros aún mojados, pero hacía tanto calor que se secarían enseguida.

Sienna se había peinado el cabello con los dedos y se lo había recogido sobre la nuca.

–Eso no puede volver a ocurrir –dijo ella–. Hacer el amor sin preservativo ha sido una locura.

–Te aseguro que yo no tenía planeado que pasara.

Ella le ignoró y siguió colocando sus cosas sobre las rocas para que se secaran. Lo hacía con una precisión casi militar. Su actitud distante no era real sino que se trataba de su manera de protegerse a sí misma.

Constantine se acercó a ella y, tras enmarcarle el rostro, se lo besó suavemente.

–Siento no haber utilizado preservativo, pero dada la situación en la que estábamos y al hecho de que no tenía, fue imposible. Te prometo que la próxima vez no volverá a pasar. Hay preservativos en la casa. Los llevaron junto con la comida.

–Veo que has planeado esto muy cuidadosamente.

–Tú sabías tan bien como yo desde el momento en el que te subiste al coche que esto iba a ocurrir. Te lo pregunté y tú accediste. No he hecho nada que tú no quisieras hacer.

Sienna evitó mirarle a los ojos, pero él no necesitó que lo hiciera para saber lo que estaba pensando. Frunció el ceño y se incorporó. Todas las mujeres se preocupan cuando tienen relaciones sexuales sin protección. Sin embargo, si Sienna había quedado embarazada, por lo que a él se refería, la solución estaba muy clara. Se casarían en menos de un mes.

Capítulo Catorce

Sienna evitó mirar a Constantine mientras se limpiaba las deportivas de arena y barro. El calor era insoportable. Estaba poniendo los cordones a una de las deportivas cuando, de repente, Constantine se arrodilló delante de ella y le agarró un tobillo.

–No hagas eso –le dijo.

Tal vez era una tontería, pero no quería que él hiciera esos gestos a menos que realmente estuviera enamorado de ella.

–Estás sangrando –comentó él–. Deberías habérmelo dicho.

Sienna se tocó la cabeza y notó sangre seca.

–No es nada. Tan solo un arañazo.

Constantine fue a por la bolsa y derramó su contenido sobre el suelo. Cuando vio el botiquín, lo abrió y encontró todo lo necesario. Mientras examinaba el contenido de la bolsa, Sienna decidió ir al río para quitarse la sangre seca del cabello. Cuando regresó, lo encontró tratando de conseguir que funcionara la radio. Mientras él estaba ocupado, terminó de vestirse, a excepción del sujetador, que seguía mojado. Lo dobló y se lo guardó en un bolsillo.

Al ver que Constantine estaba ocupado, decidió ver el estado en el que habían quedado las cosas que llevaba en su maletín. Cuando se disponía a recogerlo, Constantine le dijo:

–No es necesario que hagas eso. Vas a tener que cargar con él.

–Claro que lo es y no me supone ningún problema cargar con él –replicó ella. Parecía que Constantine no estaba satisfecho con haberle quitado su empresa y su trabajo. Quería también impedirle que tuviera su maletín.

–Muestras de joyas y formularios de pedidos son lo último que necesitas aquí.

–No llevo muestras de joyas. Para tu información, se trata de una oficina portátil.

–Para mí es lo mismo.

Sienna decidió no prestarle más atención y se llevó su maletín a una roca, se sentó y lo abrió. El agua había entrado en él y había mojado todos los papeles. Sin embargo, como el ordenador iba dentro de su funda, seguía aún seco.

Sacó el ordenador, lo arrancó y luego lo cerró. Tras guardarlo de nuevo, examinó los papeles. Ninguno servía ya de nada, pero los guardó en el maletín de todos modos.

Cuando terminó con el maletín, se sacó el móvil del bolsillo y trató de hacerlo funcionar sin mucha esperanza. Efectivamente, el aparato estaba estropeado.

En aquel momento, Constantine se acercó a ella con el botiquín. Se sentó en una piedra al lado de ella y se inclinó hacia delante, inmovilizándola entre sus piernas. A Sienna no le quedó más remedio que mirarle a los ojos. Vio que él la miraba con ternura y, entonces, sintió cómo él le enmarcaba el rostro entre las manos.

–Si te has quedado embarazada, ya hablaremos de ello. Hasta entonces, volveremos a utilizar preservativos.

–Asumiendo por supuesto que vaya a haber más sexo –le espetó ella irritada.

–¿Es posible que te hayas podido quedar embarazada?

Ella respiró profundamente. De repente, fue consciente de que podría haberse quedado embarazada. Estaba documentado que las mujeres Ambrosi se quedaban embarazadas muy fácilmente.

–Sí –respondió ella tras hacer rápidamente los cálculos–. Existe una posibilidad.

–Si es lo que deseas, te dejaré a solas, pero quédate quieta un momento mientras te miro ese corte que tienes en la cabeza.

Ella inclinó la cabeza obedientemente para que él pudiera examinar la zona. Constantine le limpió la herida con un antiséptico.

–¡Ay!

–Venga, no seas quejica. El corte es muy pequeño. Tu vida no corre peligro.

–Entonces, no sé por qué te estás molestando con los primeros auxilios. ¿Cómo crees que te has hecho tú ese hematoma de la mejilla?

–Supongo que del mismo modo que tú... con

ese maldito maletín –dijo. Entonces, se puso de pie–. Bueno, la casa no está lejos, pero tenemos que ponernos en marcha. He comprobado la radio y sigue funcionando, pero estamos fuera de la zona de transmisión, por lo que tendremos que esperar a que venga el helicóptero. Llegará a recogernos mañana por la mañana.

Constantine le pasó la botella de agua. Ella bebió sin decir nada. Cuando terminó, él volvió a guardarla en la bolsa.

–Yo te llevaré el maletín.

–Lo llevaré yo.

A partir de entonces, quedaron sumidos en el silencio.

La casa de la playa, que estaba a menos de tres kilómetros del lugar del accidente, era mucho más lujosa de lo que ella había esperado. Constantine le mostró la bahía junto a la que estaba la vieja fábrica, pero, para entonces, el sol ya estaba muy bajo en el horizonte y ella solo pudo distinguir unas ruinas y poco más.

Constantine se ocupó de encender el aire acondicionado mientras ella examinaba la cocina. Todo estaba pensado hasta el último detalle.

–Esta casa es fabulosa –dijo–, pero parece que no se ha utilizado nunca.

–Dado que pasamos tanto tiempo fuera, no la utilizamos a menudo. Hay dormitorios en la planta de arriba y en esta planta.

Constantine atravesó el salón, que estaba decorado con mucho gusto, y abrió una puerta. Se encontraron con un pasillo al que se abrían varias puertas. Después de examinar los dormitorios, ella eligió uno decorado con cortinas blancas. Constantine le mostró el cuarto de baño, que estaba completamente equipado.

–Hay ropa interior y ropa limpia en el vestidor si quieres cambiarte. Refréscate un poco y aséate si quieres. Yo iré a preparar algo para cenar.

Después de ducharse y cambiarse de ropa interior, se puso una fina bata de algodón que encontró en el cuarto de baño. Entonces, recogió la ropa sucia y la llevó a la cocina.

Al entrar, notó el aroma de un guisado de carne picante. Constantine debía de haberse duchado también porque tenía el cabello húmedo y peinado hacia atrás. También se había cambiado y se había puesto un par de pantalones de algodón y una camisa blanca.

Él le mostró dónde estaba la lavandería. Sienna metió su ropa junto a la de él en la lavadora y lo puso todo a lavar. Entonces, regresó a la cocina.

Se sentaron en el porche para cenar. El sol se fue poniendo lentamente y, cuando lo hizo, la temperatura bajó de repente. El cielo nocturno estaba cuajado de estrellas.

Para tratar de escapar de aquella escena tan romántica, Sienna se ofreció a recoger los platos y a preparar café. Se tensó cuando Constantine puso música y se sentó a su lado en el sofá, pero no hizo nada más que rodearle los hombros con un brazo. Sienna terminó relajándose. Constantine parecía estar haciendo justo lo que ella le había pedido: darle espacio y tiempo.

Mientras escuchaba la música, recordó lo que había ocurrido aquella tarde y volvió a preguntarse si estaría embarazada. Le sorprendió que la idea ya no le preocupara.

Como si él le hubiera leído el pensamiento, comenzó a acariciarle suavemente el brazo. Era un contacto agradable, no sexual, como si simplemente deseara tranquilizarla.

–Si estuvieras embarazada –dijo él por fin–, deberíamos casarnos pronto.

Sienna recordó que él no le había pedido matrimonio. Tal vez no había necesidad de hacerlo dado que el contrato se había ocupado de esa formalidad. Sin embargo, eso no cambiaba el hecho de que a ella le habría gustado.

–¿Cuándo?

–Dentro de una semana. Dos como máximo.

–Hablaré con mi madre y le daré las fechas.

Aquella era su rendición. Lo único que le quedaba por hacerle confesar era que ella estaba enamorada de él, pero Sienna decidió ocultárselo todo el tiempo que pudiera. Tal vez negarle aquella victoria final era un gesto infantil, pero Sienna se temía que si se rendía emocionalmente él ya no sentiría que tenía que luchar por ella. Si Constantine consideraba ganada su batalla, Sienna perdería toda posibilidad de que él terminara amándola.

En aquella ocasión, él no la dejaría, por lo que el resultado podía ser aún peor. Podrían terminar unidos en un matrimonio sin amor. Tal vez Sienna hubiera renunciado a la fantasía romántica de conseguir que él se enamorara de ella, pero ganar un poco de amor, aunque fuera muy pequeño, era de vital importancia.

–Pues ya está decidido –concluyó él–. Me ocuparé de los preparativos en cuanto regresemos.

El helicóptero llegó poco después de que amaneciera. Quince minutos después de montarse en él, llegaron al aeropuerto de Medinos y, menos de una hora después en coche, llegaron al castillo. Constantine había hecho que le llevaran allí todas sus cosas desde el hotel, por lo que, en cuanto llegaron, Sienna pudo ir a asearse y a cambiarse de ropa.

Cuando se hubo puesto un vestido azul y unas sandalias a juego, Sienna recorrió los interminables pasillos y las amplias estancias del castillo buscando a Constantine. Cuando no lo encontró por ninguna parte, se dirigió a la cocina.

Las notas de la música clásica resonaban en una de las salas frente a las que pasó. Sienna también pudo oír voces. La acústica del castillo le permitió escuchar con claridad retazos de la conversación. Inmediatamente, reconoció el acento estadounidense de Ben Vitalis, el asesor legal de Constantine.

–... muy bien por conseguir los derechos del agua tan rápidamente. Si Sienna se hubiera empecinado, el proyecto se habría detenido indefinidamente y podríamos haber perdido millones. Y muy bien lo de insertar la cláusula del matrimonio. Aunque ella trate de revocar la cesión de esos derechos, las leyes de Medinos haría que esos derechos revirtieran a ti de nuevo. ¿Dónde estamos con el préstamo?

–Cerrado.

La voz de Constantine golpeó a Sienna como si hubiera sido una patada en el pecho. Se quedó atónita, incapaz de reaccionar. La razón por la que Constantine le había propuesto matrimonio en el mismo contrato por el que condonaba la deuda de su padre resultaba evidente. De algún modo, su padre había fastidiado los planes urbanísticos de Constantine. Él había querido que su proyecto saliera adelante y ella había sucumbido a sus tácticas con ridícula facilidad. Podría perdonarle muchas cosas a Constantine, pero aquel nivel de conspiración no era aceptable.

–Muy bien... –se escuchó el ruido de un maletín que se abría y cerraba. Entonces, el de un documento que caía sobre una superficie–. Échale un vistazo a la cláusula sobre la custodia de los hijos.

Sin poder contenerse, Sienna empujó la puerta y entró en la sala justo cuando Vitalis cerraba su maletín y se ponía de pie. Ella miró con desaprobación a Constantine y se acercó a la mesa para tomar el documento y leerlo rápidamente.

Segundos después, sintió que el mundo se hundía bajo sus pies. Nada de lo ocurrido hasta entonces le importaba. Lo que acababa de leer demostraba claramente que no la quería. Ella era tan solo parte de un negocio más. Aún sabiendo eso, habría seguido adelante con el matrimonio. Sin embargo, los hijos que pudiera tener eran un asunto muy diferente.

Vitalis había preparado una enmienda al acuerdo matrimonial por la que se le otorgaba la custodia y los derechos sobre los hijos que pudieran tener a Constantine. Si ella daba por terminado el matrimonio, podría ver a sus hijos de forma limitada, pero jamás podría llevárselos.

Antes de saber si estaba embarazada, Constantine había pensado en arrebatarle a sus hijos del mismo modo que le había arrebatado su empresa y su trabajo.

–¿De verdad crees que yo voy a firmar algo así? –le espetó.

–Es un borrador que ha preparado Ben –dijo él poniéndose de pie. Vitalis ya se había marchado sin que ella se diera cuenta–. Aún no debías verlo. Tenía la intención de hablar contigo al respecto la semana que viene.

–¿Pero esto es lo que tú quieres?

–No exactamente.

Aquella no era la respuesta que Sienna quería escuchar.

–Simplemente quiero una esposa que esté comprometida con el matrimonio y la familia –añadió.

–Y por eso redactaste un contrato...

–No es tan frío como lo pintas. Somos sexualmente compatibles y tenemos mucho en común.

–Tal y como yo lo veo, lo único que tenemos en común es una deuda de siete cifras y creo que, una vez más, me he permitido enamorarme de ti... –susurró. Los ojos se le habían llenado de lágrimas.

Aquellas palabras hicieron que algo cambiara en la mirada de Constantine.

–Sienna, no quería hacerte daño...

–No. Solo querías controlarme. Eso es lo que te gusta. Controlarme a mí, a mis hijos, controlar tus sentimientos... Una vez me dijiste que consigues exactamente lo que quieres. Supongo que en realidad se trata de un matrimonio de conveniencia y dos... –musitó. Ciegamente, volvió a tomar el documento y empezó a leer la parte en cuestión. Sin embargo, ya no pudo distinguir las palabras–. ¿O son tres hijos?

Constantine llamó a Tomas en cuando Sienna salió de su despacho y le dio una andanada de órdenes. El pánico se había apoderado de él. Sienna se iba a marchar del castillo y de la isla. Por mucho que la necesitara a su lado, sabía que si trataba de retenerla, la perdería para siempre.

Cuando vio la reacción de Sienna ante la cláusula que Vitalis había redactado, comprendió el error que había cometido. Ella había dicho que se había enamorado de él y, en ese instante, Constantine supo que aquella era la razón por la que ella había accedido a casarse con él y no por las ventajas financieras. Aquel momento lo había dejado atónito.

Comprendió que, desde siempre, había sido lo primero en su vida. Había sido él quien siempre lo había estropeado todo. Al que solo le importaban los negocios.

Afortunadamente, ella no había mencionado que fuera a anular el matrimonio. Al menos, sobre el papel, seguían comprometidos.

Subió a su dormitorio para cambiarse de ropa. Le había dicho a Tomas que se asegurara de que ella no podía conseguir billete en ningún vuelo regular aunque tuviera que comprar todos los asientos vacíos que quedaban en todos los vuelos.

Reconoció que se había quedado prendado de Sienna en el primer momento que la vio. El problema era que no había creído que ella simplemente lo quisiera a él. El dinero había cambiado su vida y sabía que las mujeres lo veían siempre rodeado de riqueza. Como le había ocurrido a su padre, el dinero había sido factor dominante en todas sus relaciones. Había cometido el error de pensar que, como Sienna necesitaba dinero, lo necesitaba a él.

Se había equivocado. Sin embargo, tenía oportunidad de enmendar su error, de convencerla que aún tenían una oportunidad.

No le importaba el tiempo que tardara. Solo quería recuperarla.

Tomas volvió a llamarle. El avión privado estaba preparado y ya no había vuelos disponibles para abandonar Medinos. Si Sienna quería marcharse aquel mismo día, tendría que hacerlo en el avión privado de Constantine.

Treinta minutos más tarde, se encontraba en el aeropuerto. Tras llevar a cabo las gestiones necesarias, se dirigió a su hangar privado. Allí, Tomas le informó de que Sienna ya estaba a bordo.

Durante el vuelo, ella casi ni lo miró. Prefirió dormir, o fingir estar dormida, durante la mayor parte del vuelo. Constantine se dijo que debía permanecer tranquilo. Si no arreglaba los errores cometidos, todo habría terminado entre ellos. Y los errores habían sido muchos y muy graves. Estaba seguro de que lo que sentía por Sienna era diferente a todo lo que había experimentado antes. Además, el hecho de que pudiera estar embarazada extendía ese sentimiento a una segunda persona, a la que también podría perder.

Sintió un profundo dolor en el pecho, fruto de la emoción contenida en el corazón. Siempre había sabido de qué sentimiento se trataba y esa había sido la razón por la que se había sentido tan herido cuando creyó que Sienna lo había traicionado.

Ella estaba lo cierto. Había tratado de controlarla a ella y a los hijos que pudieran tener y, en el proceso, lo había hecho también con sus propios sentimientos. Sin embargo, las cláusulas legales con las que había esperado conseguir que Sienna se quedara a su lado habían conseguido justamente lo contrario.

Se había asegurado de perder precisamente lo que más necesitaba.

Capítulo Quince

El avión privado del Grupo Atraeus aterrizó en el aeropuerto de Sídney a las ocho de la tarde. Estaba lloviendo. Después del calor de Medinos, aquella temperatura resultaba casi invernal.

Sienna se negó a que Constantine la llevara a su casa, pero él la hizo cambiar de opinión gracias a la presencia de periodistas en la terminal.

Treinta minutos después, él aparcó su Audi frente a la casa de su madre. La ayudó a llevar el equipaje al interior de la casa y permaneció unos minutos hablando con Margaret y Carla. Miró a Sienna cuando su madre la felicitó sin mucha efusividad y, durante un instante, pudo ver el sufrimiento que ella había logrado contener a duras penas a lo largo de todo el día.

Justo antes de marcharse, le entregó un sobre. Ella miró en su interior y vio que el acuerdo que Vitalis había redactado sobre la custodia de los hijos estaba rasgado en dos trozos.

Cuando Sienna volvió a levantar la mirada, él ya se había marchado.

Entonces, su madre la miró con desaprobación.

–No te atrevas a sacrificarte por nosotros o por la empresa.

–No te preocupes. No voy a hacerlo. Si no te importa, necesito una taza de té.

Carla frunció el ceño y la acompañó a la cocina.

–Siéntate –le dijo–. Yo prepararé el té.

Sienna tomó asiento y, mientras se tomaba el té, les contó a su madre y a su hermana todo lo ocurrido.

–Entonces, ¿accediste a casarte con él para salvar la empresa? –insistió su madre.

–No… –susurró ella. Jamás habría accedido a casarse con Constantine si no estuviera enamorada de él–. Es complicado.

–Estás enamorada de él. Llevas años estándolo.

–¿De qué lado estás? –preguntó ella sonrojándose.

–Del tuyo. Cásate con él o no te cases con él. Haz lo que quieras, pero deja de preocuparte por nosotras. Si tenemos que deshacernos de esta casa y de Perlas Ambrosi, lo haremos. Ya sabes que esa empresa jamás fue mi pasión.

Su madre acababa de decirle que podían sobrevivir sin el dinero de Constantine. Además, estaba segura de que él estaba dispuesto a dejarla marchar. Sintió un profundo dolor. La única pregunta que le quedaba por responder era si ella podría sobrevivir sin Constantine.

Durante el trayecto desde el aeropuerto, le había dicho que necesitaba tiempo para pensar. A él no le había gustado, pero había aceptado sus condiciones. Eso y el hecho de que hubiera renunciado por completo a la cláusula sobre la custodia de los hijos constituía un progreso. No sabía el tiempo que le costaría olvidar, pero debía dar un paso hacia delante. Se casaría con Constantine por una sencilla razón: por muy dolida que se sintiera, no podía imaginarse la vida sin Constantine.

Dos semanas más tarde, la mañana de la boda en Medinos era cálida y clara.

Margaret Ambrosi había insistido en que, si iban a casarse en Medinos, ella necesitaría una casa de soltera de la que salir, por lo que Constantine les había buscado una. Era una idea algo trasnochada, pero a Sienna no le había importado.

Su madre y Tomas habían organizado todos los detalles de la boda con formidable eficacia. Se ocuparon del vestido, las flores, de la iglesia y del banquete, que se iba a celebrar en el castillo.

Carla asomó la cabeza por la puerta y le entregó un sobre.

–Ha llegado esto para ti. Te quedan quince minutos. ¿Cómo te encuentras?

–Bien.

Se sentía nerviosa y feliz. Apenas si había visto a Constantine desde la breve conversación que mantuvieron el día después de su llegada a Sídney, cuando ella le confirmó que seguían adelante con los planes de la boda. Desde entonces, no habían vuelto a estar solos. Sienna estaba empezando a creer que el sentimiento de pérdida que había creído ver en los ojos de Constantine había sido un espejismo.

La limusina iría a buscarla a las once y eran las diez y media. Hasta entonces, todo había transcurrido sin contratiempos. Su vestido era muy elegante, de corte sencillo. Llevaba puesto el collar de perlas y diamantes, con pendientes a juego, que su tía abuela le había regalado para la boda. Se trataba de unas perlas muy antiguas y valiosas.

Cuando Carla se marchó, Sienna observó el sobre. El corazón comenzó a palpitarle con fuerza al reconocer la caligrafía de Constantine. Abrió el sobre y encontró las tres copias del acuerdo matrimonial que ella había firmado junto con una nota. Constantine no había activado el trato ni había registrado el acuerdo. Las acciones de la empresa no habían cambiado de manos. Perlas Ambrosi aún seguía perteneciendo a sus dueñas. También se adjuntaban los derechos del agua. En resumen, Constantine había paralizado todo. Como tenía las tres copias en las manos, podía destruirlas si así lo deseaba. En realidad, era como si tal acuerdo jamás hubiera existido.

Sienna sintió que le temblaban las piernas y se sentó en la cama. Debería sentirse aliviada, pero lo único que hacía era pensar si la boda había sido anulada también.

Carla volvió a llamar a la puerta. En aquella ocasión, llevaba un teléfono en la mano.

–Es De Vries.

No se trataba de Northcliffe, tal y como ella había esperado, sino del director en persona, Hammond De Vries. Habían reconsiderado su postura y querían realizar un pedido. La suma que se le ofrecía era astronómica. Después de una breve conversación, Sienna colgó el teléfono.

Justo en ese momento, su madre entró en la habitación. Iba ataviada con un vestido color lavanda y estaba muy elegante, pero parecía preocupada.

–Sienna…

Antes de que pudiera decir más, Constantine entró en la habitación.

–Si nos excusa, señora Ambrosi… Tengo que hablar con Sienna. A solas. Serán solo cinco minutos –dijo mientras empujaba a la mujer hacia la puerta.

Sienna se puso de pie. El corazón le latía con fuerza. Constantine iba vestido para la boda. De repente, estaba totalmente segura de lo único que necesitaba saber.

–Acabo de rechazar a De Vries –dijo tranquilamente–. Sé que tú estás detrás de la oferta y sé por qué lo has hecho.

–¿Cómo sabes que fui yo?

–Hammond De Vries no suele llamarnos. Es una verdadera coincidencia que me llamara hoy con una oferta que cubre perfectamente el préstamo de mi padre. Además, da la casualidad de que también sé que el Grupo Atraeus compró hace poco un porcentaje de De Vries.

–¿Quién te lo dijo? Ha tenido que ser tu madre.

–Acababa de tener una conversación con Tomas…

–… que es como una marioneta entre sus manos.

–La mayoría de la gente lo es. Bueno, todo ha

terminado. Me has dado una salida. O... ¿acaso es todo lo contrario? –preguntó ella. De repente, sintió miedo de sentirse tan feliz.

Constantine se acercó a ella y le colocó las manos en la cintura.

–Ya deberías saber lo que quiero. Matrimonio. Sin embargo, en esta ocasión debes ser tú quien lo decida.

Sienna le rodeó el cuello con los brazos y lo besó. Unos largos segundos más tarde, él se metió la mano en el bolsillo.

–Una cosa más.

La emoción se apoderó de Sienna cuando vio que él se ponía de rodillas y abría un pequeño estuche de terciopelo. Entonces, extrajo de él un precioso anillo de talla princesa con un diamante blanco que relucía con intensa luminosidad.

–Sienna Ambrosi, ¿quieres casarte conmigo?

–Sí –susurró ella con los ojos llenos de lágrimas mientras Constantine le colocaba el anillo en dedo anular de la mano izquierda–. Me amas de verdad –añadió mientras él se ponía de pie y volvía a tomarla entre sus brazos.

–Llevo amándote desde el primer momento en el que te vi. Simplemente, he tenido que ir madurando un poco. Bueno, mucho, mejor dicho.

Constantine la besó y durante unos segundos, Sienna se sintió como si estuviera flotando. No obstante, los mareos que había empezado a notar por las mañanas tenía un origen completamente diferente.

Cuando terminó de besarla, Constantine le deslizó las manos por la espalda y la apretó contra su cuerpo. Aquel contacto la tranquilizó. Se sentía muy vulnerable, al igual que él, pero Constantine había tardado más en darse cuenta.

Alguien llamó a la puerta. Era Margaret. Quería saber qué estaba pasando y no podía esperar más.

–Todo va bien, mamá. La boda sigue adelante.

–¡Estupendo! Informaré al chófer.

La puerta volvió a cerrarse y Constantine volvió a besar a Sienna.

Cuando alguien volvió a llamar, Sienna se colocó el velo y tomó el ramo. Entonces, miró a Constantine, pero él no daba señales de moverse.

Entrelazó los dedos con los de ella y la besó dulcemente a través del velo.

Sienna le dio un empujón.

–Tienes que marcharte. Vamos a llegar tarde.

–No voy a marcharme –respondió él mientras tiraba de ella hacia la puerta con una sonrisa en los labios–. Esta vez vamos juntos.